「创造最有价值的阅读」

"阅读力"指导专家委员会

顾　问： 朱永新

主　任： 曹文轩

成　员： (以姓氏笔画为序)

王土荣	方卫平	朱芒芒	刘克强	杜德林
何立新	张伟忠	张祖庆	周其星	周益民
胡　勤	顾之川	倪文尖	黄华伟	梅子涵
章新其	蒋红森	滕春友		

丛书主编： 曹文轩

本书编写人员： 王　侠

丛书统筹： 王晓乐

丛书统筹助理： 罗敏波

名著阅读力养成丛书

巴金散文精选

◆ 巴金 著

图书在版编目(CIP)数据

巴金散文精选/巴金著.—杭州:浙江文艺出版社,2021.1(2023.11重印)
(名著阅读力养成丛书)
ISBN 978-7-5339-6285-2

Ⅰ.①巴… Ⅱ.①巴… Ⅲ.①散文集—中国—现代 Ⅳ.①I266

中国版本图书馆CIP数据核字(2020)第210393号

责任编辑　邓东山
责任校对　唐　娇　牟杨茜
责任印制　张丽敏
装帧设计　吕翡翠
营销编辑　张恩惠

巴金散文精选

巴金 著

出版发行	浙江文艺出版社
地　　址	杭州市体育场路347号
邮　　编	310006
电　　话	0571-85176953（总编办）
	0571-85152727（市场部）
制　　版	杭州天一图文制作有限公司
印　　刷	浙江超能印业有限公司
开　　本	710毫米×1000毫米　1/16
字　　数	143千字
印　　张	12.25
插　　页	2
版　　次	2021年1月第1版
印　　次	2023年11月第2次印刷
书　　号	ISBN 978-7-5339-6285-2
定　　价	29.80元

版权所有　侵权必究
(如有印装质量问题,影响阅读,请与市场部联系调换)

出版说明

阅读不仅关乎个人的素养和语文教育的水平，也关乎整个社会的风尚和文明的品质。从2016年9月起，全国中小学陆续启用了教育部统编语文教材。统编教材特别重视阅读，加强了阅读设计，鼓励学生通过大量阅读来提升语文素养，提高阅读能力和阅读水平。语文学习要建立在广泛的课外阅读的基础上，已经成为越来越多的人的共识。

我社以文学立社，出名著，出精品，几十年来在古典文学、现当代文学、外国文学、儿童文学等领域积累了大量的资源和优秀的版本。从2003年起就陆续推出"语文新课标必读丛书"，为中小学生的名著阅读助力，深受欢迎。随着统编语文教材的使用，我社面向师生做了大量的教材使用调研，多次邀请并集聚读书界、语文教育界、文学界、出版界等领域的专家把脉会诊，群策群力，为中小学生和老师们精心策划、精心编辑，推出了这套"名著阅读力养成丛书"。

这套丛书收录中小学语文课程标准和统编语文教材推荐阅读书目，不仅收录小学"快乐读书吧"和初中"名著导读"中推荐阅读书目，而且配合"1+X"群文阅读设计，收录课文后要求阅读的作家作品，共计百余种，基本满足中小学生的阅读需要。

该丛书由曹文轩先生担纲主编，延请一线教学名师，对入选的每一部作品编写有针对性的阅读指导方案，介绍作家作品和创作特色，提出合理的阅读建议，引导学生进行专题探究，有意识地拓展学生的阅读视野，有选择性地提供阅读检测与评估办法。这样，有步骤地引领学生完成整本书阅读，了解文学、科普等不同类别作品的阅读方法，了解小说、散文、诗歌、戏剧等不同文体的特征，切实有效地提高学生的阅读水平和阅读能力，同时也给老师的教学实践提供一种参照与借鉴。可以说，这套书不仅强调要读什么，更强调应该怎么读。

该丛书在版本选用上精益求精，精挑细选经典权威版本，囊括一批资深翻译家的经典译本，如傅雷译《名人传》《欧也妮·葛朗台》、力冈译《猎人笔记》、卞之琳译《哈姆雷特》等。对于名家选本，追求代表性，或由该领域权威研究者编选，或由作家自己编选。由于"五四"白话文运动的发轫与推进，中国现代文学作品在语体上有着鲜明的用语特色，我们在编校中参阅相关文献对少量字词和标点做了适当的修改，尽可能地保留作品的原貌。

该丛书在设计上充分考虑阅读的舒适感和青少年的用眼卫生，尽可能地采用大号字体、米黄纸张，做到版面疏密有致、图书轻重得宜等。所有这些，旨在推出一套真正面向学生、服务学生的青少年版丛书。

培根说："读书足以怡情，足以傅彩，足以长才。"经典名著的影响力是不可估量的，一本好书能够让一个人终身受益。让我们种下阅读的种子，学会阅读，爱上阅读，在阅读中唤起灵性和兴味；让我们在多姿多彩的阅读的花园里，去领略丰美而自由的天地！

浙江文艺出版社

总　序

曹文轩

"新课标"以及根据"新课标"编定的国家统一中小学语文教材，有一个重要的理念：语文学习必须建立在广泛的课外阅读基础之上。

语文学科与其他学科的重要区别是：其他一些学科的学习有可能在课堂上就得以完成，而对于语文学科来说，课堂学习只不过是其中的一部分，甚至不是最重要的一部分；语文学习的完成须有广泛而有深度的课外阅读做保证——如果没有这一保证，语文学习就不可能实现既定目标。我在有关语文教育和语文教学的各种场合，曾不止一次地说过：课堂并非是语文教学的唯一所在，语文课堂的空间并非只是教室；语文课本是一座山头，若要攻克这座山头，就必须调集其他山头的力量。而这里所说的其他山头，就是指广泛的课外阅读。一本一本书就是一座一座山头，这些山头屯兵百万，只有调集这些力量，语文课本这座山头才可被攻克。一旦涉及语文，语文老师眼前的情景永远应当是：一本语文课本，是由若干其他书重重包围着的。一个语文老师倘若只是看到一本语文教材，以为这本语文教材就是语文教学的全部，那么，要让学生从真正意义上学好语文，几乎是没有希望的。有些很有经验的语文老师往往采取一种看似有点极端的做法，用很短的时间一气完成一本语文教材的教学，而将其余时间交给学生，全部用于课外阅读，大概也就是基于这一理念。

关于这一点，经过这些年的教学实践，加之深入的理性论证，语文界已经基本形成共识。现在的问题是：这所谓的课外阅读，究竟阅读什么样的书？又怎样进行阅读？在形成"语文学习必须建立在广泛的课外阅读基础之上"这一共识之后，摆在语文教育专家、语文教师和学生面前的却是这样一个让人感到十分困惑的问题。

有关部门，只能确定基本的阅读方向，大致划定一个阅读框架，对阅读何种作品给出一个关于品质的界定，却是无法细化，开出一份地道的足可以供一个学生大量阅读的大书单来的。若要拿出这样一份大书单，使学生有足够的选择空间，既可以让他们阅读到最值得阅读的作品，又可避免因阅读的高度雷同化而导致知识和思维高度雷同化现象的发生，则需要动用读书界、语文教育界、文学界、出版界等领域和行业的联合力量。一向有着清晰领先的思维、宏大而又科学的出版理念，并有强大行动力的浙江文艺出版社，成功地组织了各领域的力量，在一份本就经过时间考验的书单基础上，邀请一流的专家学者、作家、有丰富教学经验的语文老师、阅读推广人，根据"新课标"所确定的阅读任务、阅读方向和阅读梯度，给出了一份高水准的阅读书单，并已开始按照这一书单有步骤地出版。

这些年，我们国家上上下下沉思阅读与国家民族强盛之关系，国家将阅读的意义上升到从未有过的高度，无数具有高度责任感的阅读推广人四处奔走游说，并引领人们如何阅读，有关阅读的重大意义已日益深入人心。事实上，广大中小学的课外阅读已经形成气候,并开始常态化,所谓"书香校园"已比比皆是。现在的问题是:阅读虽然蔚然成风,但阅读生态却并不理想,甚至很不理想。这个被商业化浪潮反复冲击的世界,阅读自然也难以幸免。那些纯粹出于商业目的的写作、阅读推广以及和各种利益直接挂钩的某些机构的阅读书目推荐,造成了阅读的极大混乱。许多中小学生手头上阅读的图书质量低下,阅读精力的投放与阅读收益严重不成比例。更严重的情况是,一些学生因为阅读了这些质量低下的图书,导致了天然语感被破坏,语文能力非但没有得到提高,还不断下降。如果这种情况大面积发生,我们还在毫无反思、毫无警觉地泛泛谈课外阅读对语文学习之意义,就可能事与愿违了。现实迫切需要有一份质量上乘、定位精准、真正能够匹配语文教材的阅读书目以及这些图书的高质量出版。

我们必须回到"经典"这个概念上来。

我们可能首先要回答"经典"这个词从何而来。

人们发现,这个世界上的书越来越多了,特别是到了今天,图书出版的门槛大大降低,加之出版在技术上的高度现代化,一本书的出版与竹简时代、活字印刷时代的所谓出版相比,其容易程度简直无法形容。书的汪洋大海正席卷这个星球。然而,人们很清楚地看到一个根本无法回避的事实,那就是:每一个人的生命长度都是有限的,我们根本不可能去阅读所有的图书。于是一个问题很久之前就被提出来了:怎么样才能在有限的生命过程中读到最值得读的书?人们聪明地想到了一个办法:将一些人——一些读书种子——养起来,让他们专门读书,让读书成为他们的事业和职业,然后由"苦读"的他们转身告诉普通的阅读大众,何为值得将宝贵的生命投入于此的上等图书,何为不值得将生命浪费于此的末流图书或是品质恶劣的图书。通过一代一代人漫长而辛劳的摸索，我们终于把握了那些优秀文字的基本品质。这些被认定的图书又经过时间之流的反复洗涤，穿越岁月的风尘，非但没有留下被岁月腐蚀的痕迹，反而越发光彩、青春焕发。于是，我们称它们为"经典"。

阅读经典是人类找到的一种科学的阅读途径。阅读经典免去了我们生命的虚耗和损伤。我们可以通过对这些图书的阅读，让我们的生命得以充实和扩张。我们在这些文字中逐渐确立了正当的道义观，潜移默化之中培养了高雅的审美情趣，字里行间悲悯情怀的熏陶，使我们不断走向文明，我们的创造力因知识的积累而获得了足够的动力，并因为这些知识的正确性，从而保证了创造力都用在人类的福祉上。阅读这些经典所获得的好处，根本无法说尽。而对于广大的中小学生来说，阅读经典无疑也是提高他们语文能力的明智选择。

这套书，也许不是所有篇章都堪称经典，但它们至少称得上名著，都具有经典性。

2018年7月15日于北京大学

点击名著

◎ 一位感动中国的世纪老人

"穿越一个世纪,见证沧桑百年,刻画历史巨变,一个生命竟如此厚重。他在字里行间燃烧的激情,点亮多少人灵魂的灯塔;他在人生中真诚的行走,叩响多少人心灵的大门。他贯穿于文字和生命中的热情、忧患、良知,将在文学史册中永远闪耀着璀璨的光辉。"

这是巴金老人被评选为"感动中国2003年度人物"时,组委会撰写的颁奖词。从1904年到2005年,在长达一百零一年的生命历程中,巴金见证了辛亥革命、抗日战争、解放战争、中华人民共和国成立、十年"文革"、改革开放等重大历史事件,饱经忧患而始终葆有赤子之心,饱含炽热的爱国爱民和献身理想的情感,怀揣利器,以笔作刀,舞文为器,奔波于苦难而又动荡的中国,呐喊、奋斗和抗争,自觉地承当着一个正直的知识分子对社会、对国家、对人类的使命,不懈地弘扬真善美。他把自己的爱恨、血泪、忏悔、歉疚、担忧和希望,全部融进了他的鸿篇巨制之中,流淌在他真诚坦荡而朴实无华的文字里。所以,他拥有了这样的称号:"20世纪中国文学的良心。"

◎ 一个有热情的、有进步思想的作家

巴金,祖籍浙江嘉兴,1904年11月25日出生在四川成都。原名李尧棠,字芾甘,笔名佩竿、余一等。文学家、翻译家、出版家,新文化运

动以来最有影响力的作家之一，20世纪中国杰出的文学大师。2005年10月17日因病逝世于上海。

1923年，巴金离乡远走上海，旋即求学于南京东南大学附中。1927年与几个友人一起赴法国留学，1928年8月，完成了处女作——长篇小说《灭亡》，发表时启用笔名"巴金"。1928年回国，居上海，从事创作和翻译工作。此后，他创作了长篇小说"激流三部曲"（《家》《春》《秋》）、"爱情三部曲"（《雾》《雨》《电》）等代表作，1949年后，巴金继续创作，出版了散文集《随想录》（五卷）等作品。在七十多年的创作生涯中，巴金共有一千万字的著作和数百万字的译著。其著作先后被译成二十多种文字，在海内外广为流传。

巴金以其独特的风格和丰硕的创作成果令人瞩目，被鲁迅称赞为"一个有热情的、有进步思想的作家，在屈指可数的好作家之列的作家"，曾获得意大利但丁国际奖等多种国际奖项，2003年被国务院授予"人民作家"的称号。

◎ 一部说真话的大书

巴金长达七十多年的创作生涯，有两个创作高峰：20世纪三四十年代和改革开放后的80年代。第一次高峰时期，巴金凭借高质量的长篇小说赢得了千万读者，并一举奠定了他中国现代文学大家的地位；同时，他的饱含真情、风格独特的散文创作也取得了巨大成就：数量上，仅从1927年到1949年，他就先后出版了十八部散文集，共五十余万字；质量上，无论是内容还是表现手法，都有新的突破，且自成一家，风格独特。

改革开放后的新时期，巴金的创作迎来了第二次高峰。从1978年到1986年，巴金写作完成了五卷《随想录》，包括《随想录》《探索集》《真话集》《病中集》《无题集》，被文化界誉为"一部说真话的大书"。

阅读建议与指导

巴金散文数量繁多,内容丰富,题材广泛,写作时间漫长,情感变化巨大,艺术表现手法多样。今天,我们怎样才能真正读懂巴金的散文,以最少的时间,更多地汲取这位文学大师为我们提供的丰富的精神营养呢?

最为关键的就是我们需要掌握三个阅读要点,即知世、知人、知法。

◎ 知世:知晓作者生活时代与创作背景

巴金出生八年后,清朝被推翻了。但封建专制思想仍然盘踞在国人心中,阴魂不散。巴金在自己的大家族生活中时时处处都可感受到这些落后思想的巨大影响力。1919年,五四运动兴起。十五岁的巴金如饥似渴地阅读各种新书报。一个长期被禁锢的少年灵魂不可抗拒地被那些新思想所征服。俄国革命家克鲁泡特金等人的无政府主义思想,尤其是种种殉道献身精神,对巴金产生了深远的影响。

1927年,巴金留学法国。两年时间,他大量研读了法国、俄国的历史和哲学著作,常常被那些启蒙思想家、革命家为自由、平等、博爱而献身的精神感动得热泪盈眶。其间,发生了两件对巴金影响至深的大事:一是两个为自己祖国寻求前进道路的意大利无政府主义者萨珂和凡宰特被美国政府处以上电椅的酷刑;二是国内发生"四一二"反革命政变,蒋介石大肆屠杀共产党人和革命群众,巴金为此震惊而痛苦,并于此年走上了文学道路。

1928年底回国后，巴金对政治宣传由热衷很快转入怀疑、厌倦、淡漠，而文学创作的热情却空前高涨，他大部分时间专心从事文学创作。在军阀混战的炮声中，在日寇铁蹄日渐迫近中华腹地的危急时刻，在抗敌救亡的呐喊声中，巴金像一个苦行僧般夜以继日地投入写作之中，完成了包括《家》在内的三百多万字的作品，轰动了文坛，奠定了文学家的地位。

整个全面抗战时期，巴金都过着颠沛流离的生活。

1949年以后，巴金曾任中国作协上海分会主席，中国作协副主席、主席。"文革"发生后，巴金未能逃离这一劫难，受到迫害，妻子萧珊去世。

1976年10月，"四人帮"倒台，迎来了改革开放新时代。从1978年开始到1986年，不顾年老多病，巴金完成了五十万字的"讲真话"巨著《随想录》。

◎ 知人：了解巴金为人

巴金一生讲真话，行真事，做真人；真话、真情、真人、性善、爱心、良知，这六个词能够基本概括巴金的个性品质。

首先，巴金是一个品德高尚的人。

巴金出身殷实的官僚家庭，却厌恶专制，反抗封建，力行平等，追求自由。

巴金见识了许多的阴谋算计、自私贪婪、无情无义，但他本性善良，从小充满爱心，为人刚正不阿，同情弱小，乐于助人，对陌生人也非常友善。

巴金具有真诚热情的品质，十分看重朋友的情谊，他的笔名"巴金"就是为了纪念一位朋友而起的。

巴金还具有无私奉献的品质，具有崇高的道德精神，对国家、对民族、对大众，具有高度的使命感、责任感，他保护青年，提携后进，不遗余力。

其次，巴金是一个有信仰、有理想并坚持不懈地为之奋斗的人。

巴金毕生追求理想，理想就是他的信仰，其中心就是爱人类、爱世界，无私奉献，这是他的终身事业。

◎ 知法：掌握散文阅读的方法

掌握一套散文阅读的基本方法，可以收到事半功倍的效果。下面推介"阅读六法"，对你肯定会有所帮助——

第一法：抓"文眼"。快速浏览全文后，迅速抓住能表现或透露作者思想感情、对理解全文有重要帮助的语句，对了解文章结构、把握主旨、领悟中心都有重要作用。如《"再见罢，我不幸的乡土哟！"》一文，末尾段"我恨你，我又不得不爱你"就是文章的文眼。弄清楚恨什么、爱什么，爱恨交加的矛盾情绪就自然清楚，文章的主旨也就呼之欲出了。

第二法：明"聚散"。散文最大的特点就是"形散神不散"，貌似松散的材料，其实都是为中心主旨服务的。如《繁星》一文，故乡庭院纳凉、南京住处后门的菜园、船舱上面的星空，时间上有"从前""三年前""如今"的不同，空间上也有千里万里的相隔，看似很松散，很疏离，可因为"繁星"，就串联在一起了，显得十分紧密亲切，一起衬托出作者对繁星的爱，对亲人和祖国的思念之情。

第三法：捕"线索"。写作都有思路，思路如线显示在文章中或者暗藏在字里字外，这就是线索。线索是穿起整篇文章的纲，抓住了线索，就掌握了全文。线索形式多样，可以是作者的感受，也可以是核心物件、景物变化、时间推移、空间转换、人物特征、感情变化、逻辑事理等。捕捉到线索，就可以理清文章脉络，大大提高阅读的速度和效率。

第四法：品"神韵"。散文之美，美在气质、神韵。这是对散文更高层次的阅读与欣赏。这方面的欣赏主要是品析语言美、结构美、思想美。这里主要说说语言美。语言美的呈现主要有以下几种形式：

1.修辞之美。运用比喻、拟人、夸张、对偶等修辞手法，使语句生动形象，给人以画面感、镜头感等难忘的印象。

2.句式之美。如骈句、长短句、对偶句、排比句、倒装句等等。句式不同，表达的效果就不同。疑问句造成悬念；感叹句便于抒情；反问句加强语气、语调，引人深思；排比句、叠句气势磅礴，层层深入；对偶句铿锵凝练，余韵悠然。

3.哲理之美。如形象而含蓄，具有言外之意，富有哲理的句子。这些句子一般在文章的开头或结尾，给人以启迪。

4.内容之美。内容丰富、题材新颖又与中心联结紧密的句子，承上启下、总结前文、统摄下文的句子。

以上这四类句子都可以叫作关键句。

学习品析语言之美，首先要训练语感，常用的办法是，对词句采用增加、删减、调整、替换、改动、朗读等方式进行优劣好坏比较，体悟韵味高下。其次要揣摩语言，理解关键词句的含义及其作用。最后，当然是要模仿使用，最终形成自己笔下的美好语言。

第五法：悟"意境"。散文限于篇幅和文体特征，所写之人、所记之事、所绘之景、所状之物，往往是一鳞半爪，所用无非三言两语，简略得很。所以散文重视以简洁的文字绘写出最丰富的内容，常采用借景抒情、托物言情、借物咏怀、情景交融等表现手法，突出散文形象，和谐融合景、物、事、人与情、意、志、性，营造一个个或清新，或深远，或幽秘，或沉郁，或悲愤的意境。仔细揣摩上下文语境，借助联想，发挥想象力，将散文意境再现出来，是悟"意境"的基本方法。

第六法：赏"技法"。尽管巴金不主张写散文过多使用技法，但由于中国传统文化的熏陶，他的散文中还是有较为丰富的技法的。主要有四个方面的技法：

一是联想、象征、烘托、对比、虚实结合、动静相衬、以小见大等表现手法的运用技巧；

二是比喻、拟人、夸张、排比等修辞手法的运用技巧；

三是记叙、抒情、描写、说明、议论等表达方式的运用技巧；

四是选材剪裁、结构安排与谋篇布局的技巧。

掌握了以上"三知"，读懂巴金散文应该不在话下了。

行旅与见闻

"再见罢,我不幸的乡土哟!" /003

繁星 /005

海上日出 /007

海上生明月 /009

乡心 /011

香港的夜 /013

鸟的天堂 /015

谈心会 /018

机器的诗 /022

在普陀 /024

一个车夫 /028

心踪与随想

朋友 /035

生命 /038

过年 /040

爱尔克的灯光 /044

风 /049

雷 /051

雨 /054

月 /056

星 /057

狗 /059

虎 /061

伤害 /063

醉 /066

梦 /067

废园外 /069

火 /073

灯 /076

把心交给读者 /079

回忆与怀念

做大哥的人 /087

我的幼年 /095

我的几个先生 /106

我的故事 /113

悼鲁迅先生 /118

悼范兄 /120

怀念萧珊 /128

怀念老舍同志 /143

怀念从文 /150

阅读拓展 /167

行旅与见闻

"再见罢，我不幸的乡土哟！"[①]

踏上了轮船的甲板以后，我便和中国的土地暂别了，心里自然装满了悲哀和离愁。开船的时候我站在甲板上，望着船慢慢地往后退离开了岸，一直到我看不见岸上高大的建筑物和黄浦江中的外国兵舰，我才掉过头来。我的眼里装满了热泪，我低声说了一句："再见罢，我不幸的乡土哟！"[②]

再见罢，我不幸的乡土哟，这二十二年来你养育了我。我无日不在你的怀抱中，我无日不受你的扶持。我的衣食取给于你。我的苦乐也是你的赐予。我的亲人生长在这里，我的朋友也散布在这里。在幼年时代你曾使我享受种种的幸福；可是在我有了知识以后你又成了我

---

① 选自《海行杂记》，新中国书局1932年版。——编者注（除非特别说明，本书注释均为作者巴金所做）
② 这是一首叫作《断头台上》的歌子的第一句，这首歌在旧俄时代西伯利亚的监狱里流行过，据说是旧俄政治犯米拉科夫所作。

"罢"，在现代汉语中写作"吧"。

"暂别"，意在表明去国离乡只是暂时的，同时，也照应文题中的"再见"，不是永别，且隐约告知读者就是为了这不幸的乡土而求学异国。这里的"悲哀"是指乡土的不幸：国力弱小，外国兵舰横行；社会不平，人间悲剧处处……

养育我的乡土给了我爱与知识，给了我种种幸福，可是这里也有许多的黑暗、惨剧、不平不公……所以说是"痛苦的源泉"。

的痛苦的源泉了。

在这里我看见了种种人间的悲剧,在这里我认识了我们所处的时代,在这里我身受了各种的痛苦。我挣扎,我苦斗,我几次濒于灭亡,我带了遍体的鳞伤。我用了眼泪和叹息埋葬了我的一些亲人,他们是被旧礼教杀了的。

这里有美丽的山水,肥沃的田畴,同时又有黑暗的监狱和刑场。在这里坏人得志、好人受苦,正义受到摧残。在这里人们为了争取自由,不得不从事残酷的斗争。在这里人们在吃他的同类的人。——那许多的惨酷的景象,那许多的悲痛的回忆!

哟,雄伟的黄河,神秘的扬子江哟,你们的伟大的历史到哪里去了?这样的国土!这样的人民!我的心怎么能够离开你们!

再见罢,我不幸的乡土哟!我恨你,我又不得不爱你。

> 又恨又爱,很矛盾很纠结的心理。恨什么?社会黑暗、悲剧种种……爱什么呢?亲爱的读者,你把知道的写下来吧。

繁　星[①]

　　我爱月夜，但我也爱星天。从前在家乡七八月的夜晚在庭院里纳凉的时候，我最爱看天上密密麻麻的繁星。望着星天，我就会忘记一切，仿佛回到了母亲的怀里似的。

　　三年前在南京我住的地方有一道后门，每晚我打开后门，便看见一个静寂的夜。下面是一片菜园，上面是星群密布的蓝天。星光在我们的肉眼里虽然微小，然而它使我们觉得光明无处不在。那时候我正在读一些关于天文学的书，也认得一些星星，好像它们就是我的朋友，它们常常在和我谈话一样。

　　如今在海上，每晚和繁星相对，我把它们认得很熟了。我躺在舱面上，仰望天空。深蓝色的天空里悬着无数半明半昧的星。船在动，星也在动，它们是这样低，真是摇摇欲坠呢！渐渐地我的眼睛模糊了，我好像看见无数萤火

[①] 选自《海行杂记》，新中国书局1932年版。——编者注

> 开篇直抒胸臆，坦示真情。

> 寥寥几笔，写出了夜的静，夜的黑，天空上星星的众多。

> 作者用白描的手法，如实地写出了当时的情景，具体、形象、真实。

虫在我的周围飞舞。海上的夜是柔和的，是静寂的，是梦幻的。我望着那许多认识的星，我仿佛看见它们在对我眨眼，我仿佛听见它们在小声说话。这时我忘记了一切。在星的怀抱中我微笑着，我沉睡着。我觉得自己是一个小孩子，现在睡在母亲的怀里了。

有一夜，那个在哥伦波上船的英国人指给我看天上的巨人。他用手指着：那四颗明亮的星是头，下面的几颗是身子，这几颗是手，那几颗是腿和脚，还有三颗星算是腰带。经他这一番指点，我果然看清楚了那个天上的巨人。看，那个巨人还在跑呢！

> 作者写繁星，有一个鲜明的特点，就是不去客观地描绘自然景色，而是从主观的感受下笔，在客观景物中，赋予了主观的色彩，仿佛繁星也带了感情，也有了生命，令人产生身临其境之感。
>
> 到上段繁星似乎写完了，为何还要写这一段呢？
>
> 一篇五六百字的短文竟把遥远的星空写得如此美妙动人，从与星为友，到对星谈话，及由头、身子、手、腿、脚、腰带构成了天上的巨人，而且"还在跑呢"，把星星拟人化了，因而使读者感到分外亲切。这样文章才算圆满，而没有缺憾。

海上日出[1]

　　为了看日出,我常常早起。那时天还没有大亮,周围非常清静,船上只有机器的响声。

　　天空还是一片浅蓝,颜色很浅。转眼间天边出现了一道红霞,慢慢地在扩大它的范围,加强它的亮光。我知道太阳要从天边升起来了,便不转眼地望着那里。

　　果然过了一会儿,在那个地方出现了太阳的小半边脸,红是真红,却没有亮光。这个太阳好像负着重荷似的一步一步、慢慢地努力上升,到了最后,终于冲破了云霞,完全跳出了海面,颜色红得非常可爱。一刹那间,这个深红的圆东西,忽然发出了夺目的亮光,射得人眼睛发痛,它旁边的云片也突然有了光彩。

　　有时太阳走进了云堆中,它的光线却从云里射下来,直射到水面上。这时候要分辨出哪里是水,哪里是天,倒也不容易,因为我就只

---

[1] 选自《海行杂记》,新中国书局1932年版,选入时篇名有改动。——编者注

作者经常早起看日出,可见作者看日出的热切心情,本句开门见山,干净利落。

用"声音"反衬看日出时色彩纯净、气氛清幽的"静"的环境,并交代了作者看日出的环境。

作者常常看日出,还能全神贯注,满怀期待之情,体现了作者对日出的喜爱和极其向往光明的强烈愿望。

这里运用拟人的写法,各种动作描写,给人以艰辛壮观的感觉。"冲""跳"两个动词生动地写出了太阳顽强的生命力和势不可当的威力。

看见一片灿烂的亮光。

有时天边有黑云，而且云片很厚，太阳出来，人眼还看不见。然而太阳在黑云里放射的光芒，透过黑云的重围，替黑云镶了一道发光的金边。后来太阳才慢慢地冲出重围，出现在天空，甚至把黑云也染成了紫色或者红色。这时候发亮的不仅是太阳、云和海水，连我自己也成了明亮的了。

这不是很伟大的奇观么？

> 光明战胜了黑暗，万物都享受着太阳的光泽，连作者自己也沐浴在一片灿烂的阳光之下，享受着无限的温暖。作者情不自禁地从内心发出的欢呼，是作者追求光明的热烈情绪的流露。

海上生明月[1]

四围都静寂了。太阳也收敛了它最后的光芒。炎热的空气中开始有了凉意。微风掠过了万顷烟波。船像一只大鱼在这汪洋的海上游泳。突然间，一轮红黄色大圆镜似的满月从海上升了起来。这时并没有万丈光芒来护持它。它只是一面明亮的宝镜，而且并没有夺目的光辉。但是青天的一角却被它染成了杏红的颜色。看！天公画出了一幅何等优美的图画！它给人们的印象，要超过所有的人间名作。

这面大圆镜愈往上升便愈缩小，红色也愈淡，不久它到了半天，就成了一轮皓月。这时上面有无际的青天，下面有无涯的碧海，我们这小小的孤舟真可以比作沧海的一粟。不消说，悬挂在天空的月轮月月依然，年年如此。而我们这些旅客，在这海上却只是暂时的过客罢了。

与晚风、明月为友，这种趣味是不能用文字描写的。可是真正能够做到与晚风、明月为友的，就只有那些以海为家的人！我虽不能以海为家，但做了一个海上的过客，也是幸事。

上船以来见过几次海上的明月。最难忘的就是最近的一夜。我们吃过午餐后在舱面散步，忽然看见远远的一盏红灯挂在一个

---

[1] 选自《海行杂记》，新中国书局1932年版。——编者注

石壁上面。这红灯并不亮。后来船走了许久,这盏石壁上的灯还是在原处。难道船没有走么?但是我们明明看见船在走。后来这个闷葫芦终于给打破了。红灯渐渐地大起来,成了一面圆镜,腰间绕着一根黑带。它不断地向上升,突破了黑云,到了半天。我才知道这是一轮明月,先前被我认作石壁的,乃是层层的黑云。

乡　心[①]

我不想睡，趁大家酣睡的时候，跑到舱面上去走走。

我上了舱面就感到一股寒气，不由得扯起大衣的领子来。四周没有一个人，只有吵人的机器声时时来到我的耳边。

浪很小，船也平稳，风并不大。一轮明月照在万顷烟波之上，蓝色的水被月光镀上了银色。月光流在波上，就像千万条银鱼在海上游泳。我这时真想拿一根钓竿，把它们钓几尾上来。

我默默地在舱面上走着。明月陪伴着我，微风轻抚着我。有无涯的大海让我放观；有无数的回忆尽我思量。人生难得几良宵。是乐么，还是痛苦？

三十四天的旅行到此告了一个段落。明天太阳照眼时，我们就要踏上法国的土地了。这时候似乎又觉得船走快了些。现在对于海上的生活又感到了留恋。这三十四天的生活的确是值得人留恋的。然而明天我们一定要上岸了。

"明天要上岸了"，和以前在家时，在上海时，"明天就要走了"的思想一样，激动着我的心。这种时候要说是快乐罢，自己心里又不舒服；要说是痛苦罢，又是自己愿意做的事情。这是怎样的矛盾啊！我一生就是被这种矛盾支配了的。

[①] 选自《海行杂记》，新中国书局1932年版。——编者注

巴金

不知道怎样，我竟然被无名的悲哀压倒了。四周有这么好的景致，我却不能欣赏，白白地拿烦恼来折磨自己。时候不早了，明天还得走一整天的路。倘若在家里，我的大哥一定会催我："四弟，睡得了——"现在呢，即使我走到天明，也没有人来管我。能看见我的，除了万顷烟波之外，就只有长空的皓月一轮。

"海上生明月，天涯共此时"[1]；"共看明月应垂泪，一夜乡心五处同"[2]。——锋镝余生的我，对此情景，能不与古诗人同声一哭！

然而过去的终于是过去了。我应该把它们完全忘掉，我需要休息。明天我还得以新的精力来过新的生活。

---

[1] 见张九龄的五言律诗《望月怀远》。
[2] 见白居易的七言律诗《望月有感》。

香港的夜

我们搭小火轮去广州。晚上十点钟船离开了香港。

开船的时候,朋友洪在舱外唤我。我走出舱去,便听见洪说:"香港的夜很美,你不可不看。"

我站在舱外,身子靠着栏杆,望着渐渐退去的香港。

海是黑的,天也是黑的。天上有些星星,但大半都不明亮。只有对面的香港成了万颗星点的聚合。

山上有灯,街上有灯,建筑物上有灯。每一盏灯就像一颗星,在我的肉眼里它比星星更亮。它们密密麻麻地排列着,像是一座星的山,放射万丈光芒的星的山。

夜是静寂的,柔和的。从对面我听不见一点声音。香港似乎闭上了它的大口。但是当我注意到那座光芒万丈的星的山的时候,我仿佛又听见了那无数的灯光的私语。船在移动,灯光也跟着在移动。而且电车、汽车上的灯也在飞跑。我看见它们时明时暗,就像人在眨眼,或者它们在追

20世纪30年代的香港

逐，在说话。我的视觉和听觉混合起来。我仿佛在用眼睛听了。那一座星的山并不是沉默的，在那里正奏着出色的交响乐。

我差不多到了忘我的境界……

船似乎在转弯。星的山愈来愈窄小了。但是我的眼里还留着一片金光，还响着动人的乐曲。

后来船驶进群山的中间（我不知道是山还是岛屿），香港完全给遮住了。海上没有灯，浓密的黑暗包围着我们的船。星的山成了一个渺茫的梦景。

我还呆呆地站在那里，我想找回那座星的山。但是我什么也看不见。外面的空气很凉爽，风吹得我的头有点受不住了，我便回到舱里去。舱里人声嘈杂，是一个完全不同的世界。我把脚踏进舱里的时候，我不禁疑惑地问自己：我先前看见的难道只是一个幻景？

1933年5月底在广州

鸟的天堂

我们在陈的小学校里吃了晚饭。热气已经退了。太阳落下了山坡,只留下一段灿烂的红霞在天边,在山头,在树梢。

"我们划船去!"陈提议说。我们正站在学校门前池子旁边看山景。

"好。"别的朋友高兴地接口说。

我们走过一段石子路,很快地就到了河边。那里有一个茅草搭的水阁。穿过水阁,在河边两棵大树下我们找到了几只小船。

我们陆续跳在一只船上。一个朋友解开绳子,拿起竹竿一拨,船缓缓地动了,向河中间流去。

三个朋友划着船,我和叶坐在船中望四周的景致。

远远地一座塔耸立在山坡上,许多绿树拥抱着它。在这附近很少有那样的塔,那里就是朋友叶的家乡。

河面很宽,白茫茫的水上没有波浪。船平静地在水面流动。三只桨有规律地在水里拨动。

在一个地方河面变窄了。一簇簇的绿叶伸到水面来。树叶绿得可爱。这是许多棵茂盛的榕树,但是我看不出树干在什么地方。

我说许多棵榕树的时候,我的错误马上就给朋友们纠正了,一个朋友说那里只有一棵榕树,另一个朋友说那里的榕树是两棵。我见过不少的大榕树,但是像这样大的榕树我却是第一次看见。

我们的船渐渐地逼近榕树了。我有了机会看见它的真面目：是一棵大树，有着数不清的丫枝，枝上又生根，有许多根一直垂到地上，进了泥土里。一部分的树枝垂到水面，从远处看，就像一棵大树躺在水上一样。

现在正是枝叶繁茂的时节（树上已经结了小小的果子，而且有许多落下来了）。这棵榕树好像在把它的全部生命力展览给我们看。那么多的绿叶，一簇堆在另一簇上面，不留一点缝隙。翠绿的颜色明亮地在我们的眼前闪耀，似乎每一片树叶上都有一个新的生命在颤动，这美丽的南国的树！

船在树下泊了片刻，岸上很湿，我们没有上去。朋友说这里是"鸟的天堂"，有许多只鸟在这棵树上做窝，农民不许人捉它们。我仿佛听见几只鸟扑翅的声音，但是等到我的眼睛注意地看那里时，我却看不见一只鸟的影子。只有无数的树根立在地上，像许多根木桩。地是湿的，大概涨潮时河水常常冲上岸去。"鸟的天堂"里没有一只鸟，我这样想道。船开了。一个朋友拨着船，缓缓地流到河中间去。

在河边田畔的小径里有几棵荔枝树。绿叶丛中垂着累累的红色果子。我们的船就往那里流去。一个朋友拿起桨把船拨进一条小沟。在小径旁边，船停住了，我们都跳上了岸。

两个朋友很快地爬到树上去，从树上抛下几枝带叶的荔枝，我同陈和叶三个人站在树下接。等到他们下地以后，我们大家一面吃荔枝，一面走回船上去。

第二天我们划着船到叶的家乡去，就是那个有山有塔的地方。从陈的小学校出发，我们又经过那个"鸟的天堂"。

这一次是在早晨，阳光照在水面上，也照在树梢。一切都显得非常明亮。我们的船也在树下泊了片刻。

起初四周非常清静。后来忽然起了一声鸟叫。朋友陈把手一拍,我们便看见一只大鸟飞起来,接着又看见第二只,第三只。我们继续拍掌。很快地这个树林变得很热闹了。到处都是鸟声,到处都是鸟影。大的,小的,花的,黑的,有的站在枝上叫,有的飞起来,有的在扑翅膀。

我注意地看。我的眼睛真是应接不暇,看清楚这只,又看漏了那只,看见了那只,第三只又飞走了。一只画眉飞了出来,给我们的拍掌声一惊,又飞进树林,站在一根小枝上兴奋地唱着,它的歌声真好听。

"走罢。"叶催我道。

小船向着高塔下面的乡村流去的时候,我还回过头去看留在后面的茂盛的榕树。我有一点的留恋的心情。昨天我的眼睛骗了我。"鸟的天堂"的确是鸟的天堂啊!

1933年6月在广州

谈心会

一

我离开乡村师范的前一晚,是一个很美丽的月夜。学生们在举行谈心会。他们坐在草地上,围成一个大圈子,中间是花坛,前面是一片田野,田畔有一条小河。后面有三座并排的灰黑色的祠堂,就是他们的校舍,在一座小山的脚下。起初没有人说话,四周静极了。大家安闲地听着青蛙同蟋蟀合奏的月光曲。

这样的谈心会每星期举行一次。今天正是适当的日子。学生们非常高兴。教员们也很高兴。因为在这个谈心会上每个人都可以自由地讲自己心里的话。

他们给我留了一个座位,但是我却愿意躺在旁边的一根石凳上。我仰卧在那里,望着上面的无云的蓝天,明月就在海上安稳地航行。小虫在我的赤足上爬来爬去。偶尔有几只蚊子飞来。我在石凳上翻身好几次,我的眼皮渐渐地垂下来了。

他们在那边谈话,全是我的耳朵不大习惯的广东话。偶尔有几句送进我的耳里,我仿佛也懂得。起初是朋友洪谈他去年病中的生活。以后是一个学生谈他的过去,谈人与人之间的隔阂。接着另一个学生谈他在小学里教书的经验。一个女学生发言希望大家真正打破男女间的界限。一个年轻学生开始讲故事。后来朋友陈就讲我们这几天的乡村旅行。

我迷迷糊糊地在石凳上躺了好久，许多有价值的话都在我的耳边飞了过去。渐渐地我觉得不舒服，身子在石凳上发痛了。我翻一个身坐起来。我不知道时候的早迟，只是空气变得更凉爽，月亮在天空中的地位也大大地改变了。

我走到谈心会那里，一个女学生无精打采地讲话，好几个学生在打盹，一小部分人已经回寝室睡觉了。

洪看见我走近，便要我坐下，接着大家要我讲几句话。我没法推辞，只得零碎地讲了几段关于生活的话，洪担任翻译。

二

我从英国人汤·苦卜尔（T. Cooper）的一个小故事讲起："苦卜尔晚年有一天，一个女孩走到他面前，手里拿了一本纪念册，翻开空白页对他说：'苦卜尔，给我写点什么在这上面吧！'苦卜尔就写着：

> 爱真理，孩子，爱真理罢，
> 它会使你青春的早晨欢欣；
> 爱护真理使它永远光明，
> 在人生的正午
> 虽然会给你带来痛苦，
> 但是它会使你永远保持正直和真诚！……"

我接着就说到生活的态度：

"爱真理，忠实地生活，这是至上的生活态度。没有一点虚伪，没有一点宽恕，对自己忠实，对别人也忠实，你就可以做你自己的行为的裁判官。

"严格地批判自己，忠实地去走生活的路，这就会把你引到真理那里去。……"

我又引用了法国青年哲学家居友的话来说明什么是丰富的、满溢的生命。

居友说："个人的生命应该为着他人放散，在必要的时候，还应该为着他人放弃……"

我接着说："我们每个人都有着更多的思想，更多的同情，更多的爱慕，更多的欢乐，更多的眼泪，比我们维持自己的生存所需要的多得多。所以我们必须把它们分散给别人，并不贪图一点报酬。否则我们就会感到内部的干枯，正如居友所说：'我们的天性要我们这样做，就像植物不得不开花一样，即使开花以后接下去就是死亡，它仍然不得不开花。'……"

以后我又举出好几个例子，来说明生活的道路与生活的目标，最后我说出我的生活的信条：

"所以我们的生活信条应该是：忠实地行为，热烈地爱人民；帮助那需要爱的，反对那摧残爱的；在众人的幸福里谋个人的快乐，在大众的解放中求个人的自由……"

我还声明："这只是我对于生活的一点见解，一点经验。"

三

这些话都由朋友洪翻译出来给学生听了，他的翻译我也可以听懂。公平地说，他翻译得并不好。他甚至把"水流"译成了"水牛"。譬如我说生活可比之于一股水流。他却把生活比之于一条水牛，这条水牛在山上到处乱跑乱冲，沿途溅起了种种的水花。至于这水花是从什么地方来的，他自己却不知道了。

这个错误马上就由朋友叶出来更正了。但是我也没有理由责备洪，因为他这一晌实在太忙了。他把他的精力完全花在学校的事务上面。他今天太累了，他应该休息（他每天只有很短的睡眠时间），我本来就应当请另一个朋友来担任翻译。

叶还说了一段话补充我的意思。一个学生也说了几句，于是大家就站起来散了。我在月光下摸出表来看，是十一点四十八分。

众人都进学校去睡了。我一个人还留在外面。月光是如此明亮，乡村是如此安静，但是我的心跳得很厉害，我浑身发热，我仿佛看见我的血在沸腾。我在草地上散步许久。露水打湿了我的赤脚，我仍然没有睡意。我反复地问我自己：

我的生命要到什么时候才开花？

这对于我并不是一个新的问题。

第二天傍晚我离开了那个学校，以后也就没有再去。我再没有机会参加那里的谈心会了。但是一些学生的天真、活泼的面貌还不时在我的眼前出现。

1933年6月在广州

机器的诗

为了去看一个朋友，我做了一次新宁铁路上的旅客。我和三个朋友一路从会城到公益，我们在火车上大约坐了三个钟头。时间长，天气热，但是我并不觉得寂寞。

南国的风物的确有一种迷人的力量。在我的眼里一切都显出一种梦景般的美：那样茂盛的绿树，那样明亮的红土，那一块一块的稻田，那一堆一堆的房屋，还有明镜似的河水，高耸的碉楼。南国的乡村，虽然里面包含了不少的痛苦，但是表面上它们还是很平静，很美丽的！

到了潭江，火车停下来。车轮没有动，外面的景物却开始慢慢地移动了。这不是什么奇迹。这是新宁铁路上的一段最美丽的工程。这里没有桥，火车驶上了轮船，就停留在船上，让轮船载着它慢慢地渡过江去。

我下了车，站在铁板上。船身并不小，甲板上铺着铁轨，火车就躺在铁轨上喘气。左边有卖饮食的货摊，许多人围在那里谈笑。我一面走，一面看。我走过火车头前面，到了右边。

船上有不少的工人。朋友告诉我，在船上做工的人在一百以上。我似乎没有看见这么多。有些工人在抬铁链，有几个工人在管机器。

在每一副机器的旁边至少站得有一个穿香云纱衫裤的工人。

他们管理机器，指挥轮船前进。

看见这些站在机器旁边的工人的昂头自如的神情，我从心底生出了感动。

四周是平静的白水，远处有树，有屋。江面很宽。在这样的背景里显出了管理机器的工人的雄姿。机器有规律地响着，火车趴在那里，像一条被人制服了的毒蛇。

我看着这一切，我感到了一种诗情。我仿佛读了一首真正的诗。于是一种喜悦的、差不多使我的心颤抖的感情抓住了我。这机器的诗的动人的力量，比任何诗人的作品都大得多。

诗应该给人以创造的喜悦，诗应该散布生命。我不是诗人，但是我却相信真正的诗人一定认识机器的力量，机器工作的巧妙，机器运动的优雅，机器制造的完备。机器是创造的，生产的，完美的，有力的。只有机器的诗才能够给人以一种创造的喜悦。

那些工人，那些管理机器、指挥轮船把千百个人、把许多辆火车载过潭江的工人，当他们站在铁板上面，机器旁边，一面管理机器，一面望着白茫茫的江面，看见轮船慢慢地驶近岸的时候，他们心里的感觉，如果有人能够真实地写下来，一定是一首好诗。

我在上海常常看见一些大楼的修建。打桩的时候，许多人都围在那里看。有力的机器从高处把一根又高又粗的木桩打进土地里面去，一下，一下，声音和动作都是有规律的，很快地就把木桩完全打进地里去了。四周旁观者的脸上都浮出了惊奇的微笑。地是平的，木头完全埋在地底下了。这似乎是不可信的奇迹。机器完成了奇迹，给了每个人以喜悦。这种喜悦的感情，也就是诗的感情。我每次看见工人建筑房屋，就仿佛读一首好诗。

1933年6月在广州

在普陀

到普陀的那一天,在海边的岩石缝里我们看见了不少的isopod①。大的,小的,成群地在岩石上爬着。许多对相等的细脚,鱼鳞似的甲壳,两根长的黄须,黑的眼睛。大的有蝉身那样大,小的就很小,在这里我们看出了isopod的发育的全个阶段。

"我倒没有见过这样大的isopod,"朋友朱看见一只很大的isopod从一个缝里爬出来,不觉惊喜地叫道,"在地中海边我都不曾见过这样大的。德拉日②研究这种东西很详细。他也没有找到这么大的。"

"我们捉几只来看看。"我说。那个小动物的两只眼睛似乎很机警地在看我。

"好,明天去买一瓶酒精来,在这里采集些小动物回去。"朱说。

第二天上午我们游完了前山,下午四点钟以后我们一共五个人走出寺院,到街上去买酒精。在普陀山买酒精,似乎是一件奇怪的事情,起先在寺院里我们就问过和尚,和尚还疑心我们想喝酒。但是朱却相信在这里一定可以买到酒精。

---

① isopod,等足类动物。
② 德拉日(1854—1920),法国著名动物学家。

街很短，中间是狭窄的石板路，两旁是旧式的店铺。进香袋，香烛，画片，地图，矾石的雕刻，以及汽水等等都摆在门前。我们问了好几家杂货店，那里不但没有酒精，连酒也没有。我们失望了，正打算回头走时，朱却在一家较大的店里买到了高粱酒，要了一个瓦罐盛着，提起来往海边走去。

海边有人游泳，可是只有寥寥的几个人。海滩上有人搭了布篷，做饮冰室，卖着汽水之类的东西，生意不大好，不过座位舒适，是帆布椅和藤椅，脚下全是沙。我们到了那里，就脱下外面的衫裤放在藤椅上，让一个爱喝啤酒的朋友看守，其余四个人赤脚经过沙地，往海边岩石上走去。那一罐高粱酒就拿在朱的手里。

沙滩上有许多小蟹在爬，人一走近，它们全钻进洞里去了。它们在沙滩上打了不少的小洞。

潮打湿的沙地是柔软的，脚踏在上面，使人起一种舒服的感觉。但是我们爬上岩石，不平的石块就刺得脚掌发痛了。我们从一块岩石跳过另一块，往最近海的高的岩石上爬去。潮水在我们的下面怒吼，一匹一匹的白浪接连地向这些岩石打来，到了岩石脚下又给撞回去了。那奇妙的声音，那四溅的水花……

但是我们不去管这些。我们走上岩石，就分散开来，各人找寻自己的捕获物。这些东西很多，除了isopod以外，我还看见了海葵、海螺、蟹、佛手和其他的几种小动物。

我在一个岩石边沿上跪下来，伸一只手去捉一只小蟹，这只蟹在岩石缝隙里，岩石缝隙里全是红色，就像涂了许多动物的血。许多海螺钉在那上面。我把手伸下去，那只蟹却向着更窄的缝隙跑进去了。但是我还看得见它的两只脚。我去向朱要了小刀来，用刀刺进手伸不到的缝隙里，起初蟹还不肯动，后来我把它骚扰得没有办法了，它只得跑出来。我连忙伸手去抓它，它就往里面一逃，可是已经迟了，它的一只螯和一只脚都被我抓住了。它终于被我用刀拨了出来。我把我的俘虏拿在手里看，它可怜地动着，一只螯和一只脚已经断了。

我走到朱那里，把蟹放进了酒罐。朱和西正在捉isopod，他们已经捉了好几只大的。朱的兄弟在两块岩石中间下凹处洗脚。

浪已漫上了前面的岩石，那里已经积了一些水。我又往前面走去，把脚浸在清凉的水里。石上有好些花朵似的彩色的东西，那是海葵。它们浸在水里像盛开的花。我伸手去挨它们，它们马上缩小起来，成了一团。我便用刀去挖它们，它们像生根在石头里一般，起初简直弄不动，但是后来我终于把它们一一地弄起来了，这些奇怪的动物。

前面的某一块岩石上浪还没有漫上来，虽然最前面的岩石已经有一半浸进了水里。在那个岩石上我看见了一只佛手插在缝里，松绿色，很可爱，一半露在外面，好像很容易弄出来似的。我伸手去拿，没有用，又用刀去挖，也挖不动。我还在用力，不觉得潮已经涨上来了。我的耳边突然有了响声，一个大浪迎着我的头打来，我连忙把头一埋。全身马上湿透了，从头到脚都是水，眼镜也几乎被打落。搭在肩上的那条毛巾却落在岩石上给浪冲走，马上就看不见了。

"金，当心！不要给浪打下去！"朱在后面的一块岩石上警告我说。

我退后几步，坐到另一个岩石上去，取下眼镜来揩了一阵，因为镜片给浪打湿了。

我又戴上眼镜，俯下头去看海。下面全是白沫。水流得很急。浪带着巨声接连不断地打击岩石脚。前面较低的几块岩石已经淹没在水里了，只露出一些尖顶来。

我要是落到下面去，一定没有性命了。这样一想，我就觉得自己方才没有被浪打下去，真是侥幸得很。但是过了片刻，我看见那几块岩石还高出在水面上，我又想起了那只佛手，我的心不觉痒起来了。结果我还是到那个岩石去把佛手弄了出来，自然费了很大的力气。这种东西店里好像也有卖的，这个我并不是不知道。

在这些岩石上我们花去了一点钟以上的时间。后来我们回到布篷那里，我还在沙滩上睡了一觉。

傍晚大家穿好了衣服。朱提着酒罐，我们五个人沿着山路，跟着庙里的钟声，有说有笑地走回我们寄宿的寺院去。

路上有好些和尚和好些男女香客用惊奇的眼光看我们这个奇异的行列，看朱手里的酒罐。

1933年8月在上海

一个车夫

这些时候我住在朋友方的家里。

有一天我们吃过晚饭,雨已经住了,天空渐渐地开朗起来。傍晚的空气很凉爽。方提议到公园去。

"洋车!洋车!公园后门!"我们站在街口高声叫道。

一群车夫拖着车子跑过来,把我们包围着。

我们匆匆跳上两部洋车,让车夫拉起走了。

我在车上坐定了,用安闲的眼光看车夫。我不觉吃了一惊。在我的眼前晃动着一个瘦小的背影。我的眼睛没有错。拉车的是一个小孩,我估计他的年纪还不到十四。

"小孩儿,你今年多少岁?"我问道。

"十五岁!"他很勇敢、很骄傲地回答,仿佛十五岁就达到成人的年龄了。他拉起车子向前飞跑。他全身都是劲。

"你拉车多久了?"我继续问他。

"半年多了。"小孩依旧骄傲地回答。

"你一天拉得到多少钱?"

"还了车租剩得下二十吊钱!"

我知道二十吊钱就是四角钱。

"二十吊钱,一个小孩儿,真不易!"拉着方的车子的中年车夫在旁边发出赞叹了。

"二十吊钱，你一家人够用？你家里有些什么人？"方听见小孩的答话，也感到兴趣了，便这样地问了一句。

这一次小孩却不作声了，仿佛没有听见方的话似的。他为什么不回答呢？我想大概有别的缘故，也许他不愿意别人提这些事情，也许他没有父亲，也许连母亲也没有。

"你父亲有吗？"方并不介意，继续发问道。

"没有！"他很快地答道。

"母亲呢？"

"没有！"他短短地回答，声音似乎很坚决，然而跟先前的显然不同了。声音里漏出了一点痛苦来。我想他说的不一定是真话。

"我有个妹子，"他好像实在忍不住了，不等我们问他，就自己说出来，"他把我妹子卖掉了。"

我一听这话马上就明白这个"他"字指的是什么人。我知道这个小孩的身世一定很悲惨。我说：

"那么你父亲还在——"

小孩不管我的话，只顾自己说下去："他抽白面儿，把我娘赶走了，妹子卖掉了，他一个人跑了。"

这四句短短的话说出了一个家庭的惨剧。在一个人幼年所能碰到的不幸的遭遇中，这也是够厉害的了。

"有这么狠的父亲！"中年车夫慨叹地说了。"你现在住在哪儿？"他一面拉车，一面和小孩谈起话来。他时时安慰小孩说："你慢慢儿拉，省点儿力气，先生们不怪你。"

"我就住在车厂里面。一天花个一百子儿。剩下的存起来……做衣服。"

"一百子儿"是两角钱，他每天还可以存两角。

"这小孩儿真不易，还知道存钱做衣服。"中年车夫带着赞叹的调子对我们说。以后他又问小孩:"你父亲来看过你吗?"

"没有,他不敢来!"小孩坚决地回答。虽是短短的几个字,里面含的怨气却很重。

我们找不出话来了。对于这样的问题我还没有仔细思索过。在我知道了他的惨痛的遭遇以后,我究竟应该拿什么话劝他呢?

中年车夫却跟我们不同。他不假思索,就对小孩发表他的道德的见解:

"小孩儿,听我说。你现在很好了。他究竟是你的天伦。他来看你,你也该拿点钱给他用。"

"我不给!我碰着他就要揍死他!"小孩毫不迟疑地答道,语气非常强硬。我想不到一个小孩的仇恨会是这样的深!他那声音,他那态度……他的愤怒仿佛传染到我的心上来了。我开始恨起他的父亲来。

中年车夫碰了一个钉子,也就不再开口了。两部车子在北长街的马路上滚着。

我看不见那个小孩的脸,不知道他脸上的表情,但是从他刚才的话里,我知道对于他另外有一个世界存在。没有家,没有爱,没有温暖,只有一根生活的鞭子在赶他。然而他能够倔强!他能够恨!他能够用自己的两只手举起生活的担子,不害怕,不悲哀。他能够做别的生在富裕的环境里的小孩所不能够做的事情,而且有着他们所不敢有的思想。

生活毕竟是一个洪炉。它能够锻炼出这样倔强的孩子来。甚至人世间最惨痛的遭遇也打不倒他。

就在这个时候,车子到了公园的后门。我们下了车,付了车钱。我借着灯光看小孩的脸。出乎我意料,它完全是一张平凡的脸,圆圆的,没有一点特征。但是当我的眼光无意地触到他的眼光时，我就大大地吃惊了。这个世界里存在着的一切，在他的眼里都是不存在的。在那一对眼睛里，我找不到承认任何权威的表示。我从没有见过这么骄傲、这么倔强、这么坚定的眼光。

我们买了票走进公园，我还回过头去看小孩，他正拉着一个新的乘客昂起头跑开了。

1934年6月在北平

心踪与随想

朋　友

这一次的旅行使我更了解一个名词的意义，这个名词就是：朋友。

七八天以前我曾对一个初次见面的朋友说："在朋友们面前我只感到惭愧。你们待我太好了，我简直没法报答你们。"这并不是谦虚的客气话，这是真的事实。说过这些话，我第二天就离开了那个朋友，并不知道以后还有没有机会再看见他。但是他给我的那一点点温暖至今还使我的心颤动。

我的生命大概不会很长久罢。然而在短促的过去的回顾中却有一盏明灯，照彻了我的灵魂的黑暗，使我的生存有一点光彩。这盏灯就是友情。我应该感谢它，因为靠了它我才能够活到现在；而且把旧家庭给我留下的阴影扫除了的也正是它。

世间有不少的人为了家庭抛弃朋友，至少也会在家庭和朋友之间划一个界限，把家庭看得比朋友重过若干倍。这似乎是很自然的事情。我也曾亲眼看见一些人结婚以后就离开朋友，离开事业。……

朋友是暂时的，家庭是永久的。在好些人的行为里我发现了这个信条。这个信条在我实在是不可理解的。对于我，要是没有朋友，我现在会变成怎样可怜的东西，我自己也不知道。

然而朋友们把我救了。他们给了我家庭所不能给的东西。他们的友爱，他们的帮助，他们的鼓励，几次把我从深渊的边沿救回来。他们对我表示了无限的慷慨。

我的生活曾经是悲苦的，黑暗的。然而朋友们把多量的同情，多量的爱，多量的欢乐，多量的眼泪分了给我，这些东西都是生存所必需的。这些不要报答的慷慨的施舍，使我的生活里也有了温暖，有了幸福。我默默地接受了它们。我并不曾说过一句感激的话，我也没有做过一件报答的行为。但是朋友们却不把自私的形容词加到我的身上。对于我，他们太慷慨了。

这一次我走了许多新地方，看见了许多新朋友。我的生活是忙碌的：忙着看，忙着听，忙着说，忙着走。但是我不曾遇到一点困难，朋友们给我准备好了一切，使我不会缺少什么。我每走到一个新地方，我就像回到我那个在上海被日本兵毁掉的旧居一样。

每一个朋友，不管他自己的生活是怎样苦，怎样简单，也要慷慨地分一些东西给我，虽然明知道我不能够报答他。有些朋友，连他们的名字我以前也不知道，他们却关心我的健康，处处打听我的"病况"，直到他们看见了我那被日光晒黑了的脸和膀子，他们才放心地微笑了。这种情形的确值得人掉眼泪。

有人相信我不写文章就不能够生活。两个月以前，一个同情我的上海朋友寄稿到《广州民国日报》的副刊，说了许多关于我的生活的话。他也说我一天不写文章第二天就没有饭吃。这是不确实的。这次旅行就给我证明：即使我不再写一个字，朋友们也不肯让我冻馁。世间还有许多慷慨的人，他们并不把自己个人和家庭看得异常重要，超过一切。靠了他们我才能够活到现在，而且靠了他们我还要活下去。

朋友们给我的东西是太多、太多了。我将怎样报答他们呢？

但是我知道他们是不需要报答的。

最近我在法国哲学家居友的书里读到了这样的话："生命的一个条件就是消费……世间有一种不能跟生存分开的慷慨，要是没有了它，我们就会死，就会从内部干枯。我们必须开花。道德，无私心就是人生的花。"

在我的眼前开放着这么多的人生的花朵了。我的生命要到什么时候才会开花？难道我已经是"内部干枯"了么？

一个朋友说过："我若是灯，我就要用我的光明来照彻黑暗。"

我不配做一盏明灯。那么就让我做一块木柴罢。我愿意把我从太阳那里受到的热放散出来，我愿意把自己烧得粉身碎骨给人间添一点点温暖。

1933年6月在广州

生 命

我接到一个不认识的朋友的来信，他说愿意跟我去死。这样的信我已经接过好几封了，都是一些不认识的年轻人寄来的。现在我住在一个朋友的家里，是一个很安静的地方。我的窗前种了不少的龙头花和五色杜鹃。在自己搭架的竹篱上缠绕着牵牛花和美国豆的长藤。在七月的大清早，空气清新，花开得正繁，露出一片欣欣向荣的景象。对面屋脊上站着许多麻雀，它们正吵闹地欢迎新生的太阳。到处都充满着生命。我的心也因为这生命的繁荣而快活地颤动了。

然而这封信使我想起了另一些事情。我的心渐渐地忧郁起来。眼前生命的繁荣仿佛成了一个幻景，不再像是真实的东西了。我似乎看见了另一些景象。

我应该比谁都更了解自己罢。那么为什么我会叫人生出跟我去死的念头呢？难道我就不曾给谁展示过生命的美丽么？为什么在这个充满了生命的夏天的早晨我会谈到这样的信呢？

我的心里怀着一个愿望，这是没有人知道的：我愿每个人都有住房，每个口都有饱饭，每个心都得到温暖。我想揩干每个人的眼泪，不再让任何人拉掉别人的一根头发。

然而这一切到了我的笔下都变成另一种意义了。我的美丽的愿望都给现实生活摧毁干净了。同时另一种思想慢慢地在我的脑子里生长起来,甚至违背了我的意志。

我能够做什么呢?

"我就是真理,我就是大道,我就是生命。"能够说这样话的人是有福的了。

"我要给你们以晨星!"能够说这样话的人也是有福的了。

但是我,我什么时候才能够说一句这样的话呢?

1934年7月在北平

过 年

　　书桌放在窗前,每天我坐在这里,望着时光悄悄地走过去。看着,看着,又到了年终的时候。我的心海里涌起了波涛。

　　一年一年这样地过去,人渐渐地老起来,离坟墓越来越近。这是事实,然而使我如此感动的原因却不是这个。我是在悔恨我自己又把这一年大好的光阴白白地浪费了。不过我并不因此而有什么感伤。悔恨和感伤是不同的。

　　过去的年华像一座一座的山横在我后面。假使我回过头去,转身往后面走,翻越过一座山又一座山,我就会看见我的童年。事实上我有时候也作过这样的旅行。于是我在一座山的脚下站住了。

　　在我这个房间里不是常有小孩来玩么?六岁的,四岁的,三岁的。他们今天忘了昨天的事,甚至下午就忘了午前的事情。一分钟哭,过一分钟又笑。他们的世界是何等的简单!我最近也曾略略地研究过他们的心理,虽然不能说很了解,但是像一个狂信者那样地做着自己想做的事情:这种态度我倒有些明白。有一个时候我也曾经是这样的孩子!

　　旧历大年初二,母亲出去拜客了。我穿着臃肿的黄缎子棉袍和花缎棉鞋,一个人躲在花园后面一个小天井里燃放地老鼠之类的花炮,不知道怎样竟将自己的棉鞋烧起来了。我当时不知道自己脱鞋，却只顾哭着叫人，等到老妈子来时，右脚上已经烧烂了一块，以后又误于庸医，于是躺在床上呻吟了两三个月。我后来身体不健康，跟这件事情多少有点关系。

但是不管这个，我当时仍然过得很幸福，脚一好我也就把那件事情忘掉了。我一天关在书房里念那些不懂的书，一有机会就溜出来玩，到年底听说要放年假，心里的快活简直是无法形容的。孩子们喜欢新年，因为新年里热闹，而且可以毫无顾忌地痛快玩个十多天。

在那些时候我做过种种黄金似的好梦；但是我决不曾想到世界上会有这种种的事情，像我现在所看见的。那时我也曾有过能够早早长大的愿望。但是长大到了现在，孩童时代的幻梦都跟着年光流去了，只剩下这一颗满是创伤的心。而且当时我所爱过、恨过的人大半都早已安睡在寂寞的坟墓里面了。我是踏着尸骸走过长途，越过万重山而达到现在这个地方的。

黄金的童年啊！如果真像一般人那样感叹地这么想着，那真是"往事不堪回首"了！

所以四十几年前逝世的俄国诗人拉特松①有过一首叫作《床边》的诗：

孩子，在温暖、柔软的小床中，
你在梦中发出了这样的低语：
"啊，上帝啊，我什么时候才会长大呢？
啊，只要人能够生长得更快一点啊！
那些讨厌的功课，我不要再学了，

---

① 谢·雅·拉特松（С. Я. Надсон，1862—1887），俄罗斯诗人。

那些讨厌的琴调我不要再练了；
我要常常去找朋友们玩呢，
我要常常到花园里去散步呢！"
我正埋着头做事，便带了忧郁的微笑，
默默地倾听着你的话语……
睡吧！我的宝贝，趁你还在父亲的保护下
不曾知道世间种种烦恼的时候……
睡吧，我的小鸟儿！那严酷的时光
无情地快快飞去了，并不肯等着谁……
生活常常是一副重担。
光荣的童年就像一个假日，会去得很快……
要是我能和你掉换一下，那是多么快活：
我只愿能像你那样快乐，歌唱，
我只愿能像你那样高兴地笑，
吵闹地玩，无忧无虑地四处观看！

这不是在译诗，这只能算是直译俄文的意思。我奇怪拉特松怎么会写出这样的诗！他一共不过活了二十五岁，即使这诗是临死的那年写的，也嫌早了一点。二十五岁的人无论如何不应该说这样的话。他死得早，大概因为他的心被这种忧郁蚕食了。

我跟他不同。我虽然有"一颗满是创伤的心"，但是我仍愿带着这颗心去走险途。我并不愿意年光倒流重返到儿时去，纵使这儿时真如一般人所说，是梦一般地美丽。孩子是生活在这个世界里而看不见这个世界的人。但这个世界存在而且支配着他的事实，却是铁铸一般地无可改变的。

做一个盲人好呢？还是做一个因为有眼睛而痛苦的人？我当

然选取后者。而且我还想为这种痛苦做一点点事情。

在这一点上我倒应该给拉特松一个公道。因为先前忘记说下去，在中途便停止了。拉特松也写过像《那些心里还存在着对于黎明的将来的愿望的人，，醒来吧！》（多么长的一个题目！）一类的诗，有着"和夜的黑暗斗争，好让阳光重新普照大地"的句子。并且据说拉特松有一个时期也很为青年们所欢迎，他的诗集也销过二三十版，因为他表现了当时青年的热望——爱被虐待受侮辱的同胞，为崇高的理想，为自由、平等、博爱而奋斗。但可惜的是那些诗我还不曾有机会读过。他的诗我只读了四首。

算到现在为止，我已经比拉特松多活了好几年了。我对于同时代的青年的热望，又做过什么事情呢？我们这时代的青年的热望不也就是——爱那被虐待受侮辱的同胞，为自由、平等、博爱而奋斗吗？

固然我写过几本小说之类的东西（我只说类似小说，因为也许有些正统派的小说家从艺术的观点来看，说它们并不是小说），但那是多么微弱的呼声啊！所以在回顾快要过去的一九三四年的时候，我又不觉为这一年光阴的浪费而感到痛悔了。

做孩子的时候，每到元旦，总要给父亲逼着在红纸条上写几个恭楷字，作为元旦试笔。如今父亲已经在坟墓里做了十几年的好梦，再也没有人来逼我写这一类的东西了。想到这里我似乎应当有一点点感伤，但是我并没有。也许我这颗心给生活的洪炉炼成了钢铁了。

1934年12月在横滨

爱尔克的灯光

　　傍晚，我靠着逐渐黯淡的最后的阳光的指引，走过十八年前的故居。这条街、这个建筑物开始在我的眼前隐藏起来，像在躲避一个久别的旧友。但是它们的改变了的面貌于我还是十分亲切。我认识它们，就像认识我自己。还是那样宽的街，宽的房屋。巍峨的门墙代替了太平缸和石狮子，那一对常常做我们坐骑的背脊光滑的狮子也不知逃进了哪座荒山。然而大门开着，照壁上"长宜子孙"四个字却是原样地嵌在那里，似乎连颜色也不曾被风雨剥蚀。我望着那同样的照壁，我被一种奇异的感情抓住了，我仿佛要在这里看出过去的十九个年头，不，我仿佛要在这里寻找十八年以前的遥远的旧梦。

　　守门的卫兵用怀疑的眼光看我。他不了解我的心情。他不会认识十八年前的年轻人。他却用眼光驱逐一个人的许多亲密的回忆。

　　黑暗来了。我的眼睛失掉了一切。于是大门内亮起了灯光。灯光并不曾照亮什么，反而增加了我心上的黑暗。我只得失望地走了。我向着来时的路回去。已经走了四五步，我忽然掉转头，再看那个建筑物。依旧是阴暗中一线微光。我好像看见一个盛满希望的水碗一下子就落在地上打碎了一般，我痛苦地在心里叫起来。在这条被夜幕覆盖着的近代城市的静寂的街中，我仿佛看见了哈立希岛上的灯光。那应该是姐姐爱尔克点的灯罢。她用这灯光来给她的航海的兄弟照路，每夜每夜灯光亮在她的窗前，她一直到死都在等待那个出远门的兄弟回来。最后她带着失望进入坟墓。

街道仍然是清静的。忽然一个熟习的声音在我耳边轻轻地唱起了这个欧洲的古传说。在这里不会有人歌咏这样的故事。应该是书本在我心上留下的影响。但是这个时候我想起了自己的事情。

十八年前在一个春天的早晨，我离开这个城市、这条街的时候，我也曾有一个姐姐，也曾答应过有一天回来看她，跟她谈一些外面的事情。我相信自己的诺言。那时我的姐姐还是一个出阁才只一个多月的新嫁娘，都说她有一个性情温良的丈夫，因此也会有长久的幸福的岁月。

然而人的安排终于被"偶然"毁坏了。这应该是一个"意外"。但是这"意外"却毫无怜悯地打击了年轻的心。我离家不过一年半光景，就接到了姐姐的死讯。我的哥哥用了颤抖的哭诉的笔叙说一个善良女性的悲惨的结局，还说起她死后受到的冷落的待遇。从此那个做过她丈夫的所谓温良的人改变了，他往一条丧失人性的路走去。他想往上爬，结果却不停地向下面落，终于到了用鸦片烟延续生命的地步。对于姐姐，她生前我没有好好地爱过她，死后也不曾做过一样纪念她的事。她寂寞地活着，寂寞地死去。死带走了她的一切，这就是在我们那个地方的旧式女子的命运。

我在外面一直跑了十八年。我从没有向人谈过我的姐姐。只有偶尔在梦里我看见了爱尔克的灯光。一年前在上海我常常睁起眼睛做梦。我望着远远的在窗前发亮的灯，我面前横着一片大海，灯光在呼唤我，我恨不得腋下生出翅膀，即刻飞到那边去。

沉重的梦压住我的心灵，我好像在跟许多无形的魔手挣扎。我望着那灯光，路是那么远，我又没有翅膀。我只有一个渴望：飞！飞！那些熬煎着心的日子！那些可怕的梦魇！

但是我终于出来了。我越过那堆积着像山一样的十八年的长岁月，回到了生我养我而且让我刻印了无数儿时回忆的地方。我走了很多的路。

十九年，似乎一切全变了，又似乎都没有改变。死了许多人，毁了许多家。许多可爱的生命葬入黄土。接着又有许多新的人继续扮演不必要的悲剧。浪费，浪费，还是那许多不必要的浪费——生命，精力，感情，财富，甚至欢笑和眼泪。我去的时候是这样，回来时看见的还是一样的情形。关在这个小圈子里，我禁不住几次问我自己：难道这十八年全是白费？难道在这许多年中间所改变的就只是装束和名词？我痛苦地搓自己的手，不敢给一个回答。

在这个我永不能忘记的城市里，我度过了五十个傍晚。我花费了自己不少的眼泪和欢笑，也消耗了别人不少的眼泪和欢笑。我匆匆地来，也将匆匆地去。用留恋的眼光看我出生的房屋，这应该是最后的一次了。我的心似乎想在那里寻觅什么。但是我所要的东西绝不会在那里找到。我不会像我的一个姑母或者嫂嫂，设法进到那所已经易了几个主人的公馆，对着园中的花树垂泪，慨叹着一个家族的盛衰。摘吃自己栽种的树上的苦果，这是一个人的本分。我没有跟着那些人走一条路，我当然在这里找不到自己的脚迹。几次走过这个地方，我所看见的还只是那四个字："长宜子孙。"

"长宜子孙"这四个字的年龄比我的不知大了多少。这也该是我祖父留下的东西罢。最近在家里我还读到他的遗嘱。他用空空两手造就了一份家业。到临死还周到地为儿孙安排了舒适的生活。他叮嘱后人保留着他修建的房屋和他辛苦地搜集起来的书画。但是儿孙们回答他的还是同样的字：分和卖。我很奇怪，为什么这样聪明的老人还不明白一个浅显的道理：财富并不"长宜子孙"，倘使不给他们一个生活技能，不向他们指示一条生活道路？"家"这个小圈子只能摧毁年轻心灵的发育成长，倘使不同时让他们睁起眼睛去看广大世界；财富只能毁灭崇高的理想和善良的气质，要是它只消耗在个人的利益上面。

"长宜子孙"，我恨不能削去这四个字！①许多可爱的年轻生命被摧残了，许多有为的年轻心灵被囚禁了。许多人在这个小圈子里面憔悴地挨着日子。这就是"家"！"甜蜜的家"！这不是我应该来的地方。爱尔克的灯光不会把我引到这里来的。

于是在一个春天的早晨，依旧是十八年前的那些人把我送到门口，这里面少了几个，也多了几个。还是和那次一样，看不见我姐姐的影子，那次是我没有等待她，这次是我找不到她的坟墓。一个叔父和一个堂兄弟到车站送我，十八年前他们也送过我一段路程。

我高兴地来，痛苦地去。汽车离站时我心里的确充满了留恋。但是清晨的微风，路上的尘土，马达的叫吼，车轮的滚动，和广大田野里一片盛开的菜籽花，这一切驱散了我的离愁。我不顾同行者的劝告，把头伸到车窗外面，去呼吸广大天幕下的新鲜空气。我很高兴，自己又一次离开了狭小的家，走向广大的世界中去！

---

① 1956年12月，我终于走进了这个"公馆"。"长宜子孙"四个字果然跟着"照壁"一起消灭了。——1959年注

忽然在前面田野里一片绿的蚕豆和黄的菜花中间,我仿佛又看见了一线光,一个亮,这还是我常常看见的灯光。这不会是爱尔克的灯里照出来的,我那个可怜的姐姐已经死去了。这一定是我的心灵的灯,它永远给我指示我应该走的路。

1941年3月在重庆

风

二十几年前,我羡慕"列子御风而行"①,我极愿腋下生出双翼,像一只鸷鸟自由地在天空飞翔。

现在我有时仍做着飞翔的梦,没有翅膀,我用两手鼓风。然而睁开眼睛,我还是郁闷地躺在床上,两只手十分疲倦,仿佛被绳子缚住似的。于是,我发出一二声绝望的叹息。

做孩子的时候,我和几个同伴都喜欢在大风中游戏。风吹起我们的衣襟,风吹动我们的衣袖。我们张着双手,顺着风势奔跑,仿佛身子轻了许多,就像给风吹在空中一般。当时自己觉得是在飞了。因此从小时候起我就喜欢风。

后来进学校读书,我和一个哥哥早晚要走相当远的路。雨天遇着风,我们就用伞跟风斗争。风要拿走我们的伞,我们不放松;风要留住我们的脚步,我们却往前走。跟风斗争,是一件颇为吃力的事。但是我们从这个也得到了乐趣,而且不用说,我们的斗争是得到胜利的。

这也是很久以前的事了。不过现在回想起来还是值得怀念的。

可惜我不曾见过飓风。去年坐海船,为避飓风,船在福州湾停了一天半。天气闷热,海面平静,连风的影子也没有。船上的

---

① 《庄子·逍遥游》篇:"夫列子御风而行,泠然善也,旬有五日而后反。"

旗纹丝不动,后来听说飓风改道走了。

在海上,有风的时候,波浪不停地起伏,高起来像一座山,而且开满了白花。落下去又像一张大嘴,要吞食眼前的一切。轮船就在这一起一伏之间慢慢地前进。船身摇晃,上层的桅杆、绳梯之类,私语似的吱吱喳喳响个不停。这情景我是经历过的。

但是我没有见过轮船被风吹在海面飘浮,失却航路,船上一部分东西随着风沉入海底。我不曾有过这样的经验。

今年我过了好些炎热的日子。有人说是奇热,有人说是闷热,总之是热。没有一点风声,没有一丝雨意。人发喘,狗吐舌头,连蝉声也像哑了似的,我窒息得快要闭气了。在这些时候我只有一个愿望:起一阵大风,或者下一阵大雨。

1941年7月9日在昆明

雷

灰暗的天空里忽然亮起一道"火闪"①，接着就是那好像要打碎万物似的一声霹雳，于是一切又落在宁静的状态中，等待着第二道闪电来划破长空，第二声响雷来打破郁闷。闪电一股亮似一股，雷声一次高过一次。

在夏天的傍晚，我常见到这样的景象。

小时候我怕听雷声；过了十岁我不再因响雷而颤栗；现在我爱听那一声好像要把人全身骨骼都要震脱节似的晴空霹雳。

算起来，该是很久以前的事了。我还是个四五岁的孩子，跟着父母住在广元县的衙门里。一天晚上，在三堂后面房里一张宽大的床上，我忽然被一声巨响惊醒了。房里没有别人，我睡眼蒙眬中只见窗外一片火光，仿佛房屋就要倒塌下来似的。我恐怖地大声哭起来，直到女佣杨嫂进屋来安慰我，让我闭上眼睛，再进到梦里去。在这以后只要雷声一响，我就觉得眼前的一切都会马上崩塌，好像已经到了世界的末日了。不过那时我的世界就只是一个衙门。

这是我害怕雷声的开始。我的畏惧不断地增加。衙门里的女佣、听差们对这增加是有功劳的。从他们那里我知道了许多关于

---

① 火闪，四川方言，即闪电。

雷公的故事。有一个年老的女佣甚至告诉我：雷声一响，必震死一个人。所以每次听见轰轰雷声，我便担心着：不晓得又有谁受到处罚了。雷打死人的事在广元县就有过，我当时不能够知道它的原因，却相信别人眼见的事实。

年纪稍长，我又知道了雷震子的故事。雷公原来有着这样一个相貌：一张尖尖的鸟嘴，两只肉翅，蓝脸赤发，拿着铜锤满天飞。这知识是从小说《封神榜》里得来的。不知道为什么我喜欢这相貌，我倒想见见他。我的畏惧减少了些，因为我在《封神榜》中看出来雷震子毕竟带有人性，还是可以亲近的，虽然他有着那样奇怪的形状。

再后，我的眼睛睁大了。我明白了许多事情。我也看穿了神和鬼的谜。我不再害怕空虚的事物，也不再畏惧自然界的现象。跟着年岁的增长，我的脚跟也站得比较稳了。即使立在天井里，望着一个响雷迎头劈下，我也不会改变脸色，或者惶恐地奔入室内。从此我开始骄傲：我已经到了连巨雷也打不倒的年龄了。

更后，雷声又给我带来一种新的感觉。每次听见那一声巨响，我便感到无比的畅快，仿佛潜伏在我全身的郁闷都给这一个霹雳震得无踪无影似的。等到它的余音消散，我抖抖身子，觉得十分轻松。我常常想，要是没有这样的巨声，我多半已经埋葬在窒息的空气中了。

去年一个昆明的夏夜里，我睡在某友人的宿舍中，两张床对面安放。房间很小，开着一扇窗。我们喝了一点杂果酒，睡下来，觉得屋内闷热，空气停滞，只有蚊虫的嗡嗡声不断地在耳边吵闹。不知过了若干时候，我才昏沉沉地进入梦中。这睡眠是极不安适的，仿佛有一只大手重重地压在我的胸上。我想挣扎，却又无力动弹。忽然一声霹雳（我从未听见过这样的响雷！）把我从梦中抓起来。的确我在床上跳了一下。我看见一股火光，我还没有睡醒，我当时有点惊恐，还以为一颗炸弹在屋顶爆炸了。那朋友也醒起来，他在唤我。我又听见荷拉荷拉的雨声。"好大的一个雷！"朋友惊叹地说。我应了一句，我觉得空气变得十分清凉，心里也非常爽快，我可以自由地呼吸了。

今年在重庆听见一次春雷，是大炮一类的轰隆轰隆声。"春雷一声，蛰虫咸动。"我想起那些冬眠的小生命听见这声音便从长梦中醒起来，又开始一年的活动，觉得很高兴。我甚至想象着：它们中间有的怎样睁开小眼睛，转头四顾，怎样伸一个懒腰，打一个呵欠，然后一跳，就跳到地面上来。于是一下子地面上便布满了生命，就像小说《镜花缘》中的故事：因为女皇武则天的诏令，只有一夜的工夫，在隆冬里宫中百花齐放，锦绣似的装饰了整个园子。这的确是很有趣的。

1941年7月16日

雨

窗外露台上正摊开一片阳光，我抬起头还可以看见屋瓦上的一段蔚蓝天。好些日子没有见到这样晴朗的天气了。早晨我站在露台上昂头接受最初的阳光，我觉得我的身子一下就变得十分轻快似的。我想起了那个意大利朋友的故事。

路易居·发布里在几年前病逝的时候，不过四十几岁。他是意大利的亡命者，也是独裁者墨索里尼的不能和解的敌人。他想不到他没有看见自由的意大利，在那样轻的年纪，就永闭了眼睛。一九二七年春天在那个多雨的巴黎城里，某一个早上阳光照进了他的房间，他特别高兴地指着阳光说，这是一件了不起的可喜的事。我了解他的心情，他是南欧的人，是从阳光常照的意大利来的。见到在巴黎的春天里少见的日光，他又想起故乡的蓝天了。他为着自由舍弃了蓝天；他为着自由贡献了一生的精力。可是自由和蓝天两样，他都没有能够再见。

我也像发布里那样地热爱阳光。但有时我也酷爱阴雨。

十几年来，不打伞在雨下走路，这样的事我不知有过多少次。就是在一九二七年，当发布里抱怨巴黎缺少阳光的时候，我还时常冒着微雨，在黄昏、在夜晚走到国葬院前面卢骚的像脚下，向那个被称为"十八世纪世界的良心"的巨人吐露一个年轻异邦人的痛苦的胸怀。

我有一个应当说是不健全的性格。我常常吞下许多火种在肚里，我却还想保持心境的和平。有时火种在我的腹内燃烧起来。我受不住熬煎。我预感到一个可怕的爆发。为了浇熄这心火，我常常光着头走入雨湿的街道，让冰凉的雨洗我的烧脸。

水滴从头发间沿着我的脸颊流下来，雨点弄污了我的眼镜片。我的衣服渐渐地湿了。出现在我眼前的只是一片模糊的雨景，模糊……白茫茫的一片……我无目的地在街上走来走去。转弯时我也不注意我走进了什么街。我的脑子在想别的事情。我的脚认识路。走过一条街，又走过一条马路，我不留心街上的人和物，但是我没有被车撞伤，也不曾跌倒在地上。我脸上的眼睛看不见现实世界的时候，我的脚上却睁开了一双更亮的眼睛。我常常走了一个钟点，又走回到自己住的地方。

我回到家里，样子很狼狈。可是心里却爽快多了。仿佛心上积满的尘垢都给一阵大雨洗干净了似的。

我知道俄国人有过"借酒淹愁"的习惯。[①]我们的前辈也常说"借酒浇愁"。如今我却在"借雨洗愁"了。

我爱雨不是没有原因的。

1941年7月20日

---

① "俄国人的借酒淹愁的毛病并不像一般人所说的那样坏。昏沉的睡眠究竟比烦恼的失眠好……"（见亚·赫尔岑的回忆录《往事与回忆》第五部）

月

  每次对着长空的一轮皓月，我会想：在这时候某某人也在凭栏望月么？

  圆月有如一面明镜，高悬在蓝空。我们的面影都该留在镜里罢，这镜里一定有某某人的影子。

  寒夜对镜，只觉冷光扑面。面对凉月，我也有这感觉。

  在海上，山间，园内，街中，有时在静夜里一个人立在都市的高高露台上，我望着明月，总感到寒光冷气侵入我的身子。冬季的深夜，立在小小庭院中望见落了霜的地上的月色，觉得自己衣服上也积了很厚的霜似的。

  的确，月光冷得很。我知道死了的星球是不会发出热力的。月的光是死的光。

  但是为什么还有姮娥奔月的传说呢？难道那个服了不死之药的美女便可以使这已死的星球再生么？或者她在那一面明镜中看见了什么人的面影罢。

1941年7月22日

星

在一本比利时短篇小说集里，我无意间见到这样的句子：

"星星，美丽的星星，你们是滚在无边的空间中，我也一样，我了解你们……是，我了解你们……我是一个人……一个能感觉的人……一个痛苦的人……星星，美丽的星星……"①

我明白这个比利时某车站小雇员的哀诉的心情。好些人都这样地对蓝空的星群讲过话。他们都是人世间的不幸者。星星永远给他们以无上的安慰。

在上海一个小小舞台上，我看见了屠格涅夫笔下的德国音乐家老伦蒙。②他或者坐在钢琴前面，将最高贵的感情寄托在音乐中，呈献给一个人；或者立在蓝天底下，摇动他那白发飘飘的头，用赞叹的调子说着："你这美丽的星星，你这纯洁的星星。"望着蓝空里眼瞳似的闪烁着的无数星子，他的眼睛润湿了。

我了解这个老音乐家的眼泪。这应该是灌溉灵魂的春雨罢。

在我的房间外面，有一段没有被屋瓦遮掩的蓝天。我抬起头可以望见嵌在天幕上的几颗明星。我常常出神地凝视着那些美丽

---

① 引自于尔拜·克安司的《红石竹花》（见戴望舒选译的《比利时短篇小说集》，商务印书馆，1934年版）。

② 1940年，上海的苏联侨民根据尼·伊·梭包里斯奇科夫-沙马林1913年的改编本演出。

的星星。它们像一个人的眼睛,带着深深的关心望着我,从不厌倦。这些眼睛每一眨动,就像赐予我一次祝福。

在我的天空里星星是不会坠落的。想到这,我的眼睛也湿了。

1941年7月22日

狗

小时候我害怕狗。记得有一回在新年里,我到二伯父家去玩。在他那个花园内,一条大黑狗追赶我,跑过几块花圃。后来我上了洋楼,才躲过这一场灾难,没有让狗嘴咬坏我的腿。

以后见着狗,我总是逃,它也总是追,而且屡屡望着我的影子猖猖狂吠。我愈怕,狗愈凶。

怕狗成了我的一种病。

我渐渐地长大起来。有一天不知道因为什么,我忽然觉得怕狗是很可耻的事情。看见狗我便站住,不再逃避。

我站住,狗也就站住。它望着我狂吠,它张大嘴,它做出要扑过来的样子。但是它并不朝着我前进一步。

它用怒目看我,我便也用怒目看它。它始终保持着我和它中间的距离。

这样地过了一阵子,我便转身走了。狗立刻追上来。

我回过头。狗马上站住了。它望着我恶叫,却不敢朝我扑过来。

"你的本事不过这一点点。"我这样想着,觉得胆子更大了。我用轻蔑的眼光看它,我顿脚,我对它吐出骂语。

它后退两步,这次倒是它露出了害怕的表情。它仍然汪汪地叫,可是叫声却不像先前那样地"恶"了。

  我讨厌这种纠缠不清的叫声。我在地上拾起一块石子，就对准狗打过去。

  石子打在狗的身上，狗哀叫一声，似乎什么地方痛了。它马上掉转身子夹着尾巴就跑，并不等我的第二块石子落到它的头上。

  我望着逃去了的狗影，轻蔑地冷笑两声。

  从此狗碰到我的石子就逃。

1941年7月24日

虎

我不曾走入深山，见到活泼跳跃的猛虎。但是我听过不少关于虎的故事。

在兽类中我最爱虎；在虎的故事中我最爱下面的一个：

深山中有一所古庙，几个和尚在那里过着单调的修行生活。同他们做朋友的，除了有时上山来的少数乡下人外，就是几只猛虎。虎不惊扰僧人，却替他们守护庙宇。作为报酬，和尚把一些可吃的东西放在庙门前。每天傍晚，夕阳染红小半个天空，虎们成群地走到庙门口，吃了东西，跳跃而去。庙门大开，僧人安然在庙内做他们的日课，也没有谁出去看虎怎样吃东西，即使偶尔有一二和尚立在门前，虎们也视为平常的事情，把他们看作熟人，不去惊动，却斯斯文文地吃完走开。如果看不见僧人，虎们就发出几声长啸，随着几阵风飞腾而去。

可惜我不能走到这座深山，去和猛虎为友。只有偶尔在梦里，我才见到这样可爱的动物。在动物园里看见的则是被囚在"狭的笼"①中摇尾乞怜的驯兽了。

其实说"驯兽"，也不恰当。甚至在虎圈中，午睡醒来，昂首一呼，还能使猿猴战栗。万兽之王的这种余威，我们也还可以在

---

① "狭的笼"，指虎圈，见爱罗先珂的童话《狭的笼》（鲁迅译）。

做了槛内囚徒的虎身上看出来。倘使放它出柙，它仍会奔回深山，重做山林的霸主。

我记起一件事情：三十一年前，父亲在广元做县官。有天晚上，一个本地猎户忽然送来一只死虎，他带着一脸惶恐的表情对我父亲说，他入山打猎，只想猎到狼、狐、豺、狗，却不想误杀了万兽之王。他决不是存心打虎的。他不敢冒犯虎威，怕虎对他报仇，但是他又不能使枉死的虎复活，因此才把死虎带来献给"父母官"，以为可以减轻他的罪过。父亲给了猎人若干钱，便接受了这个礼物。死虎在衙门里躺了一天，才被剥了皮肢解了。后来父亲房内多了一张虎皮椅垫，而且常常有人到我们家里要虎骨粉去泡酒当药吃。

我们一家人带着虎的头骨回到成都。头骨放在桌上，有时我眼睛看花了，会看出一个活的虎头来。不过虎骨总是锁在柜子里，等着有人来要药时，父亲才叫人拿出它来磨粉。最后整个头都变成粉末四处散开了。

经过三十年的长岁月，人应该忘记了许多事情。但是到今天我还记得虎头骨的形状，和猎人说话时的惶恐表情。如果叫我把那个猎人的面容描写一下，我想用一句话：他好像做过了什么亵渎神明的事情似的。我还要补充说：他说话时不大敢看死虎，他的眼光偶尔挨到它，他就要变脸色。

死了以后，还能够使人害怕，使人尊敬，像虎这样的猛兽，的确是值得我们热爱的。

1941 年 7 月 26 日

伤 害

一个初冬的午后,在泸县城里,一条被燃烧弹毁了的街旁,我看见一个黑脸小乞丐寂寞地立在面食担子前,用羡慕的眼光,望着两个肥胖孩子正在得意地把可口的食物往嘴里送。

我穿着秋大衣,刚在船上吃饱饭,闲适地散步到街上来。

但是他,这个六七岁的孩子,赤着脚,露着腿,身上只披一块破布,紧紧包住他那瘦骨的一身黑皮在破布的洞孔下发亮。他的眼睛无光,两颊深陷,嘴唇干瘪得可怕,两只干瘦得像鸡爪的手无力地捧着一个破碗,压在胸前。

他没有温暖,没有饱足。他不讲话,也不笑。黑瘦的脸上涂着寂寞的颜色。

我不愿多看他,便匆匆走过他的身旁。但是我又回转来,因为我也不愿意就这样地离开他。

这样地一来一往,我在他的身边走过四五次。他不抬头看我一眼,好像他对这类事情并不感到惊奇。我注意地看他,才知道他的眼光始终停留在面食担子上。但甚至这眼光也还是无力的。

我站在他面前,不说什么,递了一张角票给他。

他也默默地接过角票,把眼光从担子上掉开。他茫然地看看我,没有一点表情,仍然不开口。于是他埋下眼睛,移动一下身子,又把脸掉向面担。两个胖小孩还在那里吃"连肝肉"、"心肺"一类的东西，口里"嘘嘘"作声。

我想揩去他脸上的寂寞的颜色，便向他问两句话。他没有理我。他甚至不掉过头来看我。

我想，也许他没有听见我的话，也许我的话使他不高兴。我问的是：你有没有家？有没有亲人？

我不再对他说话，我默默地离开了他。我转弯时还回头去看那个面担，黑脸小乞丐立在担子前，畏怯地望着卖面人，右手伸到嘴边，一根手指头衔在口里。两个肥胖小孩却站到旁边一个卖糖食的摊子前面去了。

七天后我再到泸县城里，又经过那条街。仍然是前次看见的那样的街景。面食担子仍然放在原处。两个肥小孩还是同样得意地在吃东西。黑脸小乞丐仿佛也就站在一星期前立过的那个地方，用了同样羡慕的眼光望着他们。一切都没有改变。我似乎并没有在别处耽搁了一个星期。

我走到黑脸小孩面前，又默默地递了一张角票到他的手里。他也默默地接着，而且也茫然地看我一眼，没有表情，也没有动作。以后他仍旧把脸掉向面担。

我们两个都重复地做着前次的动作。我甚至没有忘记问他：你有没有一个家？有没有一个亲人？

这次他仍旧不回答我，不过他却仰起头看了我一两分钟。我也埋下眼睛去看他的黑脸。茫然的表情消失了。他圆圆地睁着那对血红的眼睛，泪水像线一样地从两只眼角流下来。他把嘴一动，没有发出声音，就猝然掉转身子，用劲地一跑。

我在后面唤他，要他站住。他不听我的话。我应该叫他的名字，可是我不知道他有什么样的姓名。我站在面担前，希望能够看见他回来。然而他的瘦小身子像一股风似的飘走了，并没有一点踪迹。

我等了一会儿,又走到旁边那个在废墟上建造起来的临时广场上,跟着一些本地人听一个老烟客讲明太祖创业的故事。那个老烟客指手画脚地讲得津津有味。众人都笑。我却不作声。我的心并不在这里。

过了半点钟,这附近还不见那个黑脸小孩的影子。我便到城里各处走了一转,后来再经过这个地方,我想,他应该回来了,但是我仍旧看不到他。那两个肥胖小孩还在面担前吃东西。

我感到疲倦了。我不知道黑脸小孩住在什么地方,或者他是否就有住处。我不知道他什么时候可以再到这里来。看见阳光离开了街市,我觉得疲倦增加了。我想回到船上去休息。

最后我终于拖着疲倦的身子离开了泸县。那一段路是不容易走的,我的心很沉重。我想到那个黑脸小孩和他的突然跑开,我知道自己犯了过失了。

我为什么两次拿那问话去折磨他呢?这原是明显的事实:要是他有家,有亲人,他还会带着冻和饿寂寞地立在街旁么?他还会像一棵枯草,一只病犬那样,木然地、无力地挨着日子么?

他也许不知道家和亲人的意义。但是他自己和那两个胖小孩间的差别,他应该了解罢。从这差别上他也许可以明白家和亲人的意义的。那么,我大大地伤害了他,这也是很明显的事实了。

今天,八个月以后的今天,我还记得那个黑脸小孩的面貌和他两只眼角的泪水。他一定早忘记了我。但是我始终忘不掉他。我想请求他那小小的心灵宽恕我。然而我这些话能够到达他的耳边么?他会有机会看到我的文章么?

我不知不觉间在那个时候犯了不可补偿的过失了。

1941 年 8 月 1 日

醉

"我没有醉，我没有醉！"你只管摇着头这样否认，但是你的脸、你的眼睛、你的话语、你的举动无一样不告诉我们：你是醉了。

有的人醉后伤心哭泣，有的人酒后胡言乱语。我醉了时便捧着沉重的头，说不出一句话。你呢？

你永远是你那个老样子：你对我们披肝沥胆地讲个不停。的确你在挖你的心，像一个友人所说的。

酒使你改变了许多。你平时被朋友们称作"沉默寡言的人"。

我们都说你醉，你自己说没有醉。其实你酒后不是比不醉时更坦白、更真诚、更清楚么？酒后的你不是更能够表现你那优美的性格么？

沉默容易使人跟朋友疏远。热烈的叙说和自白则使人们互相接近。热情是有吸力的。酒点燃了你的热情。你的热情又温暖了我们的心。

酒从没有乱过你的本性，也没有麻痹过你的神经。酒却像一阵光常常照亮你全个身子、全个性格。你的醉不是头脑昏钝，却是精神昂扬。

在这里，暮夏的雨夜已使人感到凉意了。我很想看看你那醉脸，听听你那火热的话呢！

1941年8月2日

梦

据说"至人无梦"。幸而我只是一个平庸的人。

我有我的梦中世界,在那里我常常见到你。

昨夜又见到你那慈祥的笑颜了。

还是在我们那个老家,在你的房间里,在我的房间里,你亲切地对我讲话。你笑,我也笑。

还是成都的那些旧街道,我跟着你一步一步地走过平坦的石板路,我望着你的背影,心里安慰地想:父亲还很康健呢。一种幸福的感觉使我的全身发热了。

我那时不会知道我是在梦中,也忘记了二十五年来的艰苦日子。

在戏园里,我坐在你旁边,看台上的武戏,你还详细地给我解释剧中情节。

我变成二十几年前的孩子了。我高兴,我没有挂虑地微笑,我不假思索地随口讲话。我想不到我在很短的时间以后就会失掉你,失掉这一切。

然而睁开眼睛,我只是一个人,四周就只有滴滴的雨声。房里是一片黑暗。

没有笑,没有话语。只有雨声:滴——滴——滴。

我用力把眼睛睁大,我撩开蚊帐,我在漆黑的空间中找寻你的影子。

但是从两扇开着的小窗,慢慢地透进来灰白色的亮光,使我的眼睛看见了这个空阔的房间。

没有你,没有你的微笑。有的是寂寞、单调。雨一直滴——滴地下着。

我唤你,没有回应。我侧耳倾听,没有脚声。我静下来,我的心怦怦地跳动。我听得见自己的心的声音。

我的心在走路,它慢慢地走过了二十五年,一直到这个夜晚。

我于是闭了嘴。我知道你不会再站到我的面前。二十五年前我失掉了你。我从无父的孩子已经长成一个中年人了。

雨声继续着。长夜在滴滴声中进行。我的心感到无比地寂寞。怎么,是屋漏么?我的脸颊湿了。

小时候我有一个愿望:我愿在你的庇荫下做一世的孩子。现在只有让梦来满足这个愿望了。

至少在梦里,我可以见到你,我高兴,我没有挂虑地微笑,我不假思索地随口讲话。

为了这个,我应该感谢梦。

1941年8月3日

废园外

晚饭后出去散步，走着走着又到了这里来了。

从墙的缺口望见园内的景物，还是一大片欣欣向荣的绿叶。在一个角落里，一簇深红色的花盛开，旁边是一座毁了的楼房的空架子。屋瓦全震落了，但是楼前一排绿栏杆还摇摇晃晃地悬在架子上。

我看看花，花开得正好，大的花瓣，长的绿叶。这些花原先一定是种在窗前的。我想，一个星期前，有人从精致的屋子里推开小窗眺望园景，赞美的眼光便会落在这一簇花上。也许还有人整天倚窗望着园中的花树，把年轻人的渴望从眼里倾注在红花绿叶上面。

但是现在窗没有了，楼房快要倾塌了。只有园子里还盖满绿色。花还在盛开。倘使花能够讲话，它们会告诉我，它们所看见的窗内的面颜，年轻的，中年的。是的，年轻的面颜，可是，如今永远消失了。因为花要告诉我的不止这个，它们一定要说出八月十四日的惨剧。

"又"，表明曾经到过，且印象深刻。

着力写一个星期前花园的"花"之盛，之艳，之美。为后文叙写美好惨遭毁灭张本。

一个转折词，急转直下，引出下文对"现在"的园子的情景描写，和一个星期前形成反差极为强烈的对比。

精致的楼房就是在那天毁了的。不到一刻钟的工夫,一座花园便成了废墟了。

我望着园子,绿色使我的眼睛舒畅。废墟么?不,园子已经从敌人的炸弹下复活了。在那些带着旺盛生命的绿叶红花上,我看不出一点被人践踏的痕迹。但是耳边忽然响起一个女人的声音:"陈家三小姐,刚才挖出来。"我回头看,没有人。这句话还是几天前,就是在惨剧发生后的第二天听到的。

那天中午我也走过这个园子,不过不是在这里,是在另一面,就是在楼房的后边。在那个中了弹的防空洞旁边,在地上或者在土坡上,我记不起了,躺着三具尸首,是用草席盖着的。中间一张草席下面露出一只瘦小的腿,腿上全是泥土,随便一看,谁也不会想到这是人腿。人们还在那里挖掘。远远地在一个新堆成的土坡上,也是从炸塌了的围墙缺口看进去,七八个人带着悲戚的面容,对着那具尸体发愣。这些人一定是和死者相识的罢。那个中年妇人指着露腿的死尸说:"陈家三小姐,刚才挖出来。"以后从另一个人的口里我知道了这个防空洞的悲惨故事。

一只带泥的腿,一个少女的生命。我不认识这位小姐,我甚至没有见过她的面颜。但是望着一园花树,想到关闭在这个园子里的寂寞的青春,我觉得心里被什么东西搔着似的痛起

旁批:

花草等植物可以复活,人死了,可以复活吗?

以花草的勃勃生机来与人事的衰竭相对比,突出了人在战争中的渺小和脆弱,进而展示了生命毁灭的巨大悲剧性。

陈家三小姐的死,只是文中的一个细节,未做过细的交代,只是从"我"的幻听开始,引入悲惨的一幕,给人印象深刻、强烈。

陈家三小姐惨死在日寇的轰炸之下,她是惨遭敌寇屠杀的万千民众中的一个。

家世背景、相貌品行都没有交代,作者有意将这些都抽象成美丽、青春、生命的化身,就如同花一样美好。通过对美好事物被毁灭来揭示侵略战争造成的民族悲剧之深重。

对一个不识面容的少女的生命表现出如此热烈的关注,充分表现出写作者爱心的深厚和强烈。

来。连这个安静的地方,连这个渺小的生命,也不为那些太阳旗的空中武士所宽容。两三颗炸弹带走了年轻人的渴望。炸弹毁坏了一切,甚至这个寂寞的生存中的微弱的希望。这样地逃出囚笼,这个少女是永远见不到园外的广大世界了。

花随着风摇头,好像在叹息。它们看不见那个熟习的窗前的面庞,一定感到寂寞而悲戚罢。

但是一座楼隔在它们和防空洞的中间,使它们看不见一个少女被窒息的惨剧,使它们看不见带泥的腿。这我却是看见了的。关于这我将怎样向人们诉说呢?

夜色降下来,园子渐渐地隐没在黑暗里。我的眼前只有一片黑暗。但是花摇头的姿态还是看得见的。周围没有别的人,寂寞的感觉突然侵袭到我的身上来。为什么这样静?为什么不出现一个人来听我愤慨地讲述那个少女的故事?难道我是在梦里?

> 结合上文,"这样静""不出现一个人"是因为同胞不觉醒;"愤慨"是因为美好的生命被凶残的日本飞行员残杀;"在梦里"有一种哀其不幸,怒其不争的悲愤。作者连用三个问句,其作用是:敌人的卑劣、少女的惨死震撼了作者的心灵,他要控诉抗议,而黑暗、寂寞使他无法倾诉而感到压抑,这样写是为了鲜明强烈地表达这种无法抑制的悲愤之情。

轰炸后的断壁残垣

> "雨"有象征意义吗?"刚刚被震坏的家"有深层含义吗?
>
> 可以说有,也可以说没有,只是深陷悲痛愤怒中的作者的清醒剂。作者淡淡叙来,但悲凉与愤恨之情已是溢于言外,它把眼前所见与自身所感有机地联系起来,以点带面,实现由个别到普遍的意义升华。

脸颊上一点冷,一滴湿。我仰头看,落雨了。这不是梦。我不能长久立在大雨中。我应该回家了。那是刚刚被震坏的家,屋里到处都漏雨。

1941年8月16日在昆明

火

船上只有轻微的鼾声，挂在船篷里的小方灯，突然灭了。我坐起来，推开旁边的小窗，看见一线灰白色的光。我不知道现在是什么时候，船停在什么地方。我似乎还在梦中，那噩梦重重地压住我的头。一片红色在我的眼前。我把头伸到窗外，窗外静静地横着一江淡青色的水，远远地耸起一座一座墨汁绘就似的山影。我呆呆地望着水面。我的头在水中浮现了。起初是个黑影，后来又是一片亮红色掩盖了它。我擦了擦眼睛，我的头黑黑地映在水上。没有亮，似乎一切都睡熟了。天空显得很低。有几颗星特别明亮。水轻轻地在船底下流过去。我伸了一只手进水里，水是相当地凉。我把这周围望了许久。这些时候，眼前的景物仿佛连动也没有动过一下；只有空气逐渐变凉，只有偶尔亮起一股红光，但是等我定睛去捕捉红光时，我却只看到一堆沉睡的山影。

我把头伸回舱里，舱内是阴暗的，一阵一阵人的气息扑进鼻孔来。这气味像一只手在搔着我的胸膛。我向窗外吐了一口气，便把小窗关上。忽然我旁边那个朋友大声说起话来："你看，那样大的火！"我吃惊地看那个朋友，我看不见什么。朋友仍然沉睡着，刚才动过一下，似乎在翻身，这时连一点声音也没有。

舱内是阴暗世界，没有亮，没有火。但是为什么朋友也嚷着"看火"呢？难道他也做了和我同样的梦？我想叫醒他问个明白，我把他的膀子推一下。他只哼一声却翻身向另一面睡了。睡在他旁边的友人不住地发出鼾声，鼾声不高，不急，仿佛睡得很好。

我觉得眼睛不舒服，眼皮似乎变重了，老是睁着眼也有点吃力，便向舱板倒下，打算阖眼睡去。我刚闭上眼睛，忽然听见那个朋友嚷出一个字"火"！我又吃一惊，屏住气息再往下听。他的嘴却又闭紧了。

我动着放在枕上的头向舱内各处细看，我的眼睛渐渐地和黑暗熟习了。我看出了几个影子，也分辨出铺盖和线毯的颜色。船尾悬挂的篮子在半空中随着船身微微晃动，仿佛一个穿白衣的人在那里窥探。舱里闷得很。鼾声渐渐地增高，被船篷罩住，冲不出去。好像全堆在舱里，把整个舱都塞满了，它们带着难闻的气味向着我压下，压得我透不过气来。我无法闭眼，也不能使自己的心安静。我要挣扎。我开始翻动身子，我不住地向左右翻身。没有用。我感到更难堪的窒息。

于是耳边又响起那个同样的声音"火"！我的眼前又亮起一片红光。那个朋友睡得沉沉的，并没有张嘴。这是我自己的声音。梦里的火光还在追逼我。我受不了。我马上推开被，逃到舱外去。

舱外睡着一个伙计，他似乎落在安静的睡眠中，我的脚声并不曾踏破他的梦。船浮在平静的水面上，水青白地发着微光，四周都是淡墨色的山，像屏风一般护着这一江水和两三只睡着的木船。

我靠了舱门站着。江水碰着船底，一直在低声私语。一阵一阵的风迎面吹过，船篷也轻轻地叫起来。我觉得呼吸畅快一点。但是跟着鼾声从舱里又送出来一个"火"字。

我打了一个冷噤，这又是我自己的声音，我自己梦中的"火"！

四年了，它追逼我四年了！

四年前上海沦陷的那一天，我曾经隔着河望过对岸的火景，我像在看燃烧的罗马城。房屋成了灰烬，生命遭受摧残，土地遭着蹂躏。在我的眼前沸腾着一片火海，我从没有见过这样大的火，火烧毁了一切：生命，心血，财富和希望。但这和我并不是漠不相关的。燃烧着的土地是我居住的地方；受难的人们是我的同胞，我的弟兄；被摧毁的是我的希望，我的理想。这一个民族的理想正受着熬煎。我望着漫天的红光，我觉得有一把刀割着我的心，我想起一位西方哲人的名言："这样的几分钟会激起十年的憎恨，一生的复仇。"①我咬紧牙齿在心里发誓：我们有一天一定要昂着头回到这个地方来。我们要在火场上辟出美丽的花园。我离开河岸时，一面在吞眼泪，我仿佛看见了火中新生的凤凰。

四年了。今晚在从阳朔回来的木船上我又做了那可怕的火的梦，在平静的江上重见了四年前上海的火景。四年来我没有一个时候忘记过那样的一天，也没有一个时候不想到昂头回来的日子。难道胜利的日子逼近了么？或者是我的热情开始消退，需要烈火来帮助它燃烧？朋友睡梦里念出的"火"字对我是一个警告，还是一个预言？……

我惶恐地回头看舱内，朋友们都在酣睡中，没有人给我一个答复。我刚把头掉转，忽然瞥见一个亮影子从我的头上飞过，向着前面那座马鞍似的山头飞走了。这正是火中的凤凰！

我的眼光追随着我脑中的幻影。我想着，我想到我们的苦难中的土地和人民，我不觉含着眼泪笑了。在这一瞬间似乎全个江，全个天空，和那无数的山头都亮起来了。

  1941年9月22日从阳朔回来，在桂林写成。

---

① 见亚·赫尔岑的《从彼岸来》第二篇《暴风雨后》。

灯

我半夜从噩梦中惊醒，感觉到窒闷，便起来到廊上去呼吸寒夜的空气。

夜是漆黑的一片，在我的脚下仿佛横着沉睡的大海，但是渐渐地像浪花似的浮起来灰白色的马路。然后夜的黑色逐渐减淡。哪里是山，哪里是房屋，哪里是菜园，我终于分辨出来了。

在右边，傍山建筑的几处平房里射出来几点灯光，它们给我扫淡了黑暗的颜色。

我望着这些灯，灯光带着昏黄色，似乎还在寒气的袭击中微微颤抖。有一两次我以为灯会灭了。但是一转眼昏黄色的光又在前面亮起来。这些深夜还燃着的灯，它们（似乎只有它们）默默地在散布一点点的光和热，不仅给我，而且还给那些寒夜里不能睡眠的人，和那些这时候还在黑暗中摸索的行路人。是的，那边不是起了一阵急促的脚步声吗？谁从城里走回乡下来了？过了一会儿，一个黑影在我眼前晃一下。影子走得极快，好像在跑，又像在溜，我了解这个人急忙赶回家去的心情。那么，我想，在这个人的眼里、心上，前面那些灯光会显得是更明亮、更温暖罢。

我自己也有过这样的经验。只有一点微弱的灯光，就是那一点仿佛随时都会被黑暗扑灭的灯光也可以鼓舞我多走一段长长的路。大片的飞雪飘打在我的脸上，我的皮鞋不时陷在泥泞的土路中,风几次要把我摔倒在污泥里。我似乎走进了一个迷阵,永远找不到出口,看不见路的尽头。但是我始终挺起身子向前迈步,因为我看见了一点豆大的灯光。灯光,不管是哪个人家的灯光,都可以给行人——甚至像我这样的一个异乡人——指路。

这已经是许多年前的事了。我的生活中有过了好些大的变化。现在我站在廊上望山脚的灯光,那灯光跟好些年前的灯光不是同样的么?我看不出一点分别!为什么?我现在不是安安静静地站在自己楼房前面的廊上么?我并没有在雨中摸夜路。但是看见灯光,我却忽然感到安慰,得到鼓舞。难道是我的心在黑夜里徘徊;它被噩梦引入了迷阵,到这时才找到归路?

我对自己的这个疑问不能够给一个确定的回答。但是我知道我的心渐渐地安定了,呼吸也畅快了许多。我应该感谢这些我不知道姓名的人家的灯光。

他们点灯不是为我,在他们的梦寐中也不会出现我的影子。但是我的心仍然得到了益处。我爱这样的灯光。几盏灯甚或一盏灯的微光固然不能照彻黑暗,可是它也会给寒夜里一些不眠的人带来一点勇气,一点温暖。

孤寂的海上的灯塔挽救了许多船只的沉没,任何航行的船只都可以得到那灯光的指引。哈里希岛上的姐姐为着弟弟点在窗前的长夜孤灯,虽然不曾唤回那个航海远去的弟弟,可是不少捕鱼归来的邻人都得到了它的帮助。

再回溯到远古的年代去。古希腊女教士希洛点燃的火炬照亮了每夜泅过海峡来的利安得尔的眼睛。有一个夜晚暴风雨把火炬弄灭了,让那个勇敢的情人溺死在海里。但是熊熊的火光至今还隐约地亮在我们的眼前,似乎那火炬并没有跟着殉情的古美人永沉海底。

这些光都不是为我燃着的,可是连我也分到了它们的一点点恩泽——一点光,一点热。光驱散了我心灵里的黑暗,热促成它的发育。一个朋友说:"我们不是单靠吃米活着。"我自然也是如此。我的心常常在黑暗的海上飘浮,要不是得着灯光的指引,它有一天也会永沉海底。

　　我想起了另一位友人的故事:他怀着满心难治的伤痛和必死之心,投到江南的一条河里。到了水中,他听见一声叫喊("救人啊!"),看见一点灯光,模糊中他还听见一阵喧闹,以后便失去知觉。醒过来时他发觉自己躺在一个陌生人的家中,桌上一盏油灯,眼前几张诚恳、亲切的脸。"这人间毕竟还有温暖。"他感激地想着,从此他改变了生活态度。"绝望"没有了,"悲观"消失了,他成了一个热爱生命的积极的人。这已经是二三十年前的事了。我最近还见到这位朋友。那一点灯光居然鼓舞一个出门求死的人多活了这许多年,而且使他到现在还活得健壮。我没有跟他重谈起灯光的话。但是我想,那一点微光一定还在他的心灵中摇晃。

　　在这人间,灯光是不会灭的——我想着,想着,不觉对着山那边微笑了。

1942年2月在桂林

把心交给读者
——随想录十

前两天黄裳来访，问起我的《随想录》。他似乎担心我会中途搁笔。我把写好的两节给他看；我还说："我要继续写下去。我把它当作我的遗嘱写。"他听到"遗嘱"二字，觉得不大吉利，以为我有什么悲观思想或者什么古怪的打算，连忙带笑安慰我说："不会的，不会的。"看得出他有点感伤，我便向他解释：我还要争取写到八十，争取写出不是一本，而是几本《随想录》，我要把我的真实的思想，还有我心里的话，遗留给我的读者。我写了五十多年，我的确写过不少不好的书，但也写了一些值得一读或半读的作品吧，它们能够存在下去，应当感谢读者们的宽容。我回顾五十年来所走过的路，今天我对读者仍然充满感激之情。

可以说，我和读者已经有了五十多年的交情。倘使关于我的写作或者文学方面的事情，我有什么最后的话要讲，那就是对读者讲的。早讲迟讲都是一样，那么还是早讲吧。

我的第一篇小说（中篇或长篇小说《灭亡》）发表在一九二九年出版的《小说月报》上，从一月号起共连载四期。小说的单行本在这年年底出版。我什么时候开始接到读者来信？我现在答不出来。我记得一九三一年我写过短篇小说《光明》，描写一个青年作家经常接到读者来信，因无法解答读者的问题而感到苦恼。

小说里有这样一段话：

"桌上那一堆信函默默地躺在那里，它们苦恼地望着他，每一封信都有一段悲痛的故事要告诉他。"

这难道不就是我自己的苦恼？那个年轻的小说家不就是我？

一九三五年八月我从日本回来，在上海为文化生活出版社编辑了几种丛书，这以后读者的来信又多起来了。这两三年中间我几乎对每一封信都作了答复。有几位读者一直同我保持联系，成为我的老友。我的爱人也是我的一位早期的读者。她读了我的小说对我发生了兴趣，我同她见面多了对她有了感情。我们认识好几年才结婚，一生不曾争吵过一次。我在一九三六、三七年中间写过不少答复读者的公开信，有一封信就是写给她的。这些信后来给编成了一本叫作《短简》的小书。

那个时候，我光身一个，生活简单，身体好，时间多，写得不少，也有足够的时间和精力回答读者寄来的每一封信。后来，特别是解放以后，我的事情多起来，而且经常外出，只好委托萧珊代为处理读者的来信和来稿。我虽然深感抱歉，但也无可奈何。

我说抱歉，也并非假意。我想起一件事情。那是在一九四〇年年尾，我从重庆到江安，在曹禺家住了一个星期左右。曹禺在戏剧专科学校教书。江安是一个安静的小城，外面有什么人来，住在哪里，一下子大家都知道了。我刚刚住了两天，就接到中学校一部分学生送来的信，请我去讲话。我写了一封回信寄去，说我不善于讲话，而且也不知道讲什么好，因此我不到学校去了。不过我感谢他们对我的信任，我会经常想到他们，青年是中国的希望，他们的期望就是对我的鞭策。我说，像我这样一位小说家算得了什么，如果我的作品不能给他们带来温暖，不能支持他们前进。我说，我没有资格做他们的老师，我却很愿意做他们的朋友，在他们面前我实在没有什么可以骄傲的地方。当他们在旧社会的荆棘丛中，泥泞路上步履艰难的时候，倘使我的作品能够做一根拐杖或一根竹竿给他们用来加一点力，那我就很满意了。信的原文我记不准确了，但大意是不会错的。

信送了出去，听说学生们把信张贴了出来。不到两三天，省里的督学下来视察，在那个学校里看到我的信，他说："什么'青年是中国的希望'！什么'你们的期望就是对我的鞭策'！什么'在你们面前我没有可以骄傲的地方'！这是瞎捧，是诱惑青年，把它给我撕掉！"信给撕掉了，不过也就到此为止，很可能他回到省城还打过小报告，但是并没有制造出大冤案。因此我活了下来，多写了二十多年的文章，当然已经扣除了徐某某禁止我写作的十年。①

话又说回来，我在信里表达的是我的真实的感情。我的确是把读者的期望当作对我的鞭策。如果不是想对我生活在其中的社会贡献一点力量，如果不是想对和我同时代的人表示一点友好的感情，如果不是想尽我作为一个中国人所应尽的一份责任，我为什么要写作？但愿望是一回事，认识又是一回事；实践是一回事，效果又是一回事。绝不能由我自己一个人说了算。离开了读者，我能够做什么呢？我怎么知道我做对了或者做错了呢？我的作品是不是和读者的期望符合呢？是不是对我们社会的进步有贡献呢？只有读者才有发言权。我自己也必须尊重他们的意见。倘使我的作品对读者起了毒害的作用，读者就会把它们扔进垃圾箱，我自己也只好停止写作。所以我想说，没有读者，就不会有

---

① 徐某某可能表示"抗议"说："我上面还有'长官'，我按照他们的指示办事。我也只是讲讲话，骂骂人。执行的是别人，是我下面的那些人。他们按照我的心思办事。"总之，这一伙人中间的任何一个都是四十年代的督学所望尘莫及的。

我的今天。我也想说，读者的信就是我的养料。当然我指的不是个别的读者，是读者的大多数。而且我也不是说我听从读者的每一句话，回答每一封信。我只是想说，我常常根据读者的来信检查自己写作的效果，检查自己作品的作用。我常常这样地检查，也常常这样地责备自己，我过去的写作生活常常是充满痛苦的。

解放前，尤其是抗战以前，读者来信谈的总是国家、民族的前途和个人的苦闷以及为这个前途献身的愿望或决心。没有能给他们具体的回答，我常常感到痛苦。我只能这样地鼓励他们：旧的要灭亡，新的要壮大；旧社会要完蛋，新社会要到来；光明要把黑暗驱逐干净。在回信里我并没有给他们指出明确的路。但是和我的某些小说不同，在信里我至少指出了方向，并不含糊的方向。对读者我是不会使用花言巧语的。我写给江安中学学生的那封信常常在我的回忆中出现。我至今还想起我在三十年代中会见的那些年轻读者的面貌，那么善良的表情，那么激动的声音，那么恳切的言辞！我在三十年代和四十年代初期见过不少这样的读者，我同他们交谈起来，就好像看到了他们的火热的心。一九三八年二月我在小说《春》的序言里说："我常常想念那无数纯洁的年轻的心灵，以后我也不能把他们忘记……"我当时是流着眼泪写这句话的。序言里接下去的一句是"我不配做他们的朋友"，这说明我多么愿意做他们的朋友啊！我后来在江安给中学生写回信时，在我心中激荡的也是这种感情。我是把心交给了读者的。

在三十年代和四十年代中很少有人写信问我什么是写作的秘诀。从五十年代起提出这个问题的读者就多起来了。我答不出来，因为我不知道。但现在我可以回答了：把心交给读者。我最初拿起笔，是这样想法，今天在五十二年之后我还是这样想。我不是为了做作家才拿起笔写小说的。

我一九二七年春天开始在巴黎写小说，我住在拉丁区，我的住处离先贤祠（国葬院）不远，先贤祠旁边那一段路非常清静。我经常走过先贤祠门前，那里有两座铜像：卢骚和伏尔泰。在这两个法国启蒙时期的思想家，这两个伟大的作家中，我对"梦想消灭不平等和压迫"的"日内瓦公民"的印象较深，我走过像前常常对着铜像申诉我这个异乡人的寂寞和痛苦，对伏尔泰我所知较少，但是他为卡拉斯老人的冤案、为西尔文的冤案、为拉·巴尔的冤案、为拉里-托伦达尔的冤案奋斗，终于平反了冤狱，使惨死者恢复名誉，幸存者免于刑戮，像这样维护真理、维护正义的行为我是知道的，我是钦佩的。还有两位伟大的作家葬在先贤祠内，他们是雨果和左拉。左拉为德莱斐斯上尉的冤案斗争，冒着生命危险替受害人辩护，终于推倒诬陷不实的判决，让人间地狱中的含冤者重见光明。

　　这是我当年从法国作家那里受到的教育。虽然我"学而不用"，但是今天回想起来，我还不能不感激老师，在"四害"横行的时候，我没有出卖灵魂，还是靠着我过去受到的教育，这教育来自生活，来自朋友，来自书本，也来自老师，还有来自读者。至于法国作家给我的"教育"是不是"干预生活"呢？"作家干预生活"曾经被批判为右派言论，有少数人因此二十年抬不起头。我不曾提倡过"作家干预生活"，因为那一阵子我还没有时间考虑。但是我给关进"牛棚"以后，看见有些熟人在大字报上揭露"巴金的反革命真面目"，我朝夕盼望有一两位作家出来"干预生活"，替我雪冤。我在梦里好像见到了伏尔泰和左拉，但梦醒以后更加感到空虚，明知伏尔泰和左拉要是生活在一九六七年的上海，他们也只好在"牛棚"里摇头叹气。这样说，原来我也是主张"干预生活"的。

左拉死后改葬在先贤祠，我看主要原因还是在于他对平反德莱斐斯冤狱的贡献，人们说他"挽救了法兰西的荣誉"。至今不见有人把他从先贤祠里搬出来。那么法国读者也是赞成作家"干预生活"的了。

最后我还得在这里说明一件事情，否则我就成了"两面派"了。

这一年多来，特别是近四五个月来，读者的来信越来越多，好像从各条渠道流进一个蓄水池，在我手边汇总。对这么一大堆信，我看也来不及看。我要搞翻译，要写文章，要写长篇，又要整理旧作，还要为一些人办一些事情，还有社会活动，还有外事工作，还要读书看报。总之，杂事多，工作不少。我是"单干户"，无法找人帮忙，反正只有几年时间，对付过去就行了。何况记忆力衰退，读者来信看后一放就忘，有时找起来就很困难。因此对来信能回答的不多。并非我对读者的态度有所改变，只是人衰老，心有余而力不足。倘使健康情况能有好转，我也愿意多为读者做些事情。但是目前我只有向读者们表示歉意。不过有一点读者们可以相信，你们永远在我的想念中。我无时无刻不祝愿我的广大读者有着更加美好、更加广阔的前途，我要为这个前途献出我最后的力量。

可能以后还会有读者来信问起写作的秘诀，以为我藏有万能钥匙。其实我已经在前面交了底。倘使真有所谓秘诀的话，那也只是这样的一句：把心交给读者。

1979年2月2日

回忆与怀念

做大哥的人[1]

我的大哥生来相貌清秀，自小就很聪慧，在家里得到父母的宠爱，在书房里又得到教书先生的称赞。看见他的人都说他日后会有很大的成就。母亲也很满意这样一个"宁馨儿"。

他在爱的环境里逐渐长成。我们回到成都以后，他过着一位被宠爱的少爷的生活。辛亥革命的前夕，三叔带着两个镖客回到成都。大哥便跟镖客学习武艺。父亲对他抱着很大的希望，想使他做一个"文武全才"的人。

每天早晨天还没有大亮，大哥便起来，穿一身短打，在大厅上或者天井里练习打拳使刀。他从两个镖客那里学到了他们的全套本领。我常常看见他在春天的黄昏舞动两把短刀。两道白光连接成了一根柔软的丝带，蛛网一般地掩盖住他的身子，像一颗大的白珠子在地上滚动。他那灵活的舞刀的姿态甚至博得了严厉的祖父的赞美，还不说那些胞姐、堂姐和表姐们。

他后来进了中学。在学校里他是一个成绩优良的学生，四年课程修满毕业的时候他又名列第一。他得到毕业文凭归来的那一天，姐姐们聚在他的房里，为他的光辉的前程庆祝。他们有一个欢乐的聚会。大哥当时对化学很感兴趣，希望毕业以后再到上海

---

[1] 选自《忆》，文化生活出版社1936年版。——编者注

或者北京的有名的大学里去念书,将来还想到德国去留学。他的脑子里装满了美丽的幻想。

然而不到几天,他的幻想就被父亲打破了,非常残酷地打破了。因为父亲给他订了婚,叫他娶妻了。

这件事情他也许早猜到一点点,但是他料不到父亲就这么快地给他安排好了一切。在婚姻问题上父亲并不体贴他,新来的继母更不会知道他的心事。

他本来有一个中意的姑娘,他和她中间似乎发生了一种旧式的若有若无的爱情。那个姑娘是我的一个表姐,我们都喜欢她,都希望他能够同她结婚。然而父亲却给他另外选了一个张家姑娘。

父亲选择的方法也很奇怪。当时给大哥做媒的人有好几个,父亲认为可以考虑的有两家。父亲不能够决定这两个姑娘中间究竟哪一个更适宜做他的媳妇,因为两家的门第相等,请来做媒的人的情面又是同样地大。后来父亲就把两家的姓写在两方小红纸块上面,揉成了两个纸团,捏在手里,到祖宗的神主面前诚心祷告了一番,然后随意拈起了一个纸团。父亲拈了一个"张"字,而另外一个毛家的姑娘就这样地被淘汰了。(据说母亲在时曾经向表姐的母亲提过亲事,而姑母却以"自己已经受够了亲上加亲的苦,不愿意让女儿再来受一次"这理由拒绝了,这是三哥后来告诉我的。拈阄的结果我却亲眼看见。)

大哥对这门亲事并没有反抗,其实他也不懂得反抗。我不知道他向父亲提过他的升学的志愿没有,但是我可以断定他不会向父亲说起他那若有若无的爱情。

于是嫂嫂进门来了。祖父和父亲因为大哥的结婚在家里演戏庆祝。结婚的仪式自然不简单。大哥自己也在演戏,他一连演了三天的戏。在这些日子里他被人宝爱着像一个宝贝,被人玩弄着像一个傀儡。他似乎有一点点快乐,又有一点点兴奋。

他结了婚,祖父有了孙媳,父亲有了媳妇,我们有了嫂嫂,别的许多人也有了短时间的笑乐。但是他自己也并非一无所得。他得了一个体贴他的温柔的姑娘。她年轻,她读过书,她会做诗,她会画画。他满意了,在短时期中他享受了以前所不曾梦想到的种种乐趣。在短时期中他忘记了他的前程,忘记了升学的志愿。他陶醉在这个少女的温柔的抚爱里。他的脸上常带笑容,他整天躲在房里陪伴他的新娘。

他这样幸福地过了两三个月。一个晚上父亲把他唤到面前吩咐道:"你现在接了亲,房里添出许多用钱的地方;可是我这两年来入不敷出,又没有多余的钱给你们用,我只好替你找个事情混混时间,你们的零用钱也可以多一点。"

父亲含着眼泪温和地说下去。他唯唯地应着,没有说一句不同意的话。可是回到房里他却倒在床上伤心地哭了一场。他知道一切都完结了!

一个还没有满二十岁的青年就这样地走进了社会。他没有一点处世的经验,好像划了一只独木舟驶进了大海,不用说狂风大浪在等着他。

在这些时候他忍受着一切,他没有反抗,他也不知道反抗。

月薪是二十四元。为了这二十四个银元的月薪他就断送了自己的前程。

然而灾祸还不曾到止境。一年以后父亲突然死去,把我们这一房的生活的担子放到他的肩上。他上面有一位继母,下面有几个弟弟妹妹。

他埋葬了父亲以后就平静地挑起这个担子来。他勉强学着上了年纪的人那样来处理一切。我们一房人的生活费用自然是由祖父供给的。(父亲的死引起了我们大家庭第一次的分家,我们这一房除了父亲自己购置的四十亩田外,还从祖父那里分到了两百亩田。)他用不着在这方面操心。然而其他各房的仇视、攻击、陷害和暗斗却使他难于应付。他永远平静地忍受了一切,不管这仇视、攻击、陷害和暗斗愈来愈厉害。他只有一个办法:处处让步来换取暂时的平静生活。

后来他的第一个儿子出世了。祖父第一次看见了重孙,自然非常高兴。大哥也感到了莫大的快乐。儿子是他的亲骨血,他可以好好地教养他,在他的儿子的身上实现他那被断送了的前程。

他的儿子一天一天长大起来,是一个非常聪明可爱的孩子,得到了我们大家的喜爱。

接着五四运动发生了。我们都受到了新思潮的洗礼。他买了好些新书报回家。我们(我们三弟兄和三房的六姐,再加上一个香表哥)都贪婪地读着一切新的书报,接受新的思想。然而他的见解却比较温和。他赞成刘半农的"作揖主义"和托尔斯泰的"无抵抗主义"。他把这种理论跟我们大家庭的现实环境结合起来。

他一方面信服新的理论,一方面依旧顺应旧的环境生活下去。顺应环境的结果,就使他逐渐变成了一个有两重人格的人。在旧社会、旧家庭里他是一位暮气十足的少爷;在他同我们一块儿谈话的时候,他又是一个新青年了。这种生活方式是我和三哥所不能够了解的,我们因此常常责备他。我们不但责备他,而且时常在家里做一些带反抗性的举动,给他招来祖父的更多的责备和各房的更多的攻击与陷害。

祖父死后,大哥因为做了承重孙(听说他曾经被一个婶娘暗地里唤做"承重老爷"),便成了明枪暗箭的目标。他到处磕头作揖想讨好别人,也没有用处;同时我和三哥的带反抗性的言行又给他招来更多的麻烦。

我和三哥不肯屈服。我们不愿意敷衍别人，也不愿意牺牲自己的主张，我们对家里一切不义的事情都要批评，因此常常得罪叔父和婶娘。他们没有办法对付我们，因为我们不承认他们的权威。他们只好在大哥的身上出气，对他加压力，希望通过他使我们低头。不用说这也没有用。可是大哥的处境就更困难了。他不能够袒护我们，而我们又不能够谅解他。

有一次我得罪了一个婶娘，她诬我打肿了她的独子的脸颊。我亲眼看见她自己在盛怒中把我那个堂弟的脸颊打肿了，她却牵着堂弟去找我的继母讲理。大哥要我向她赔礼认错，我不肯。他又要我到二叔那里去求二叔断公道。但是我并不相信二叔会主张公道。结果他自己代我赔了礼认错，还受到了二叔的申斥。他后来到我的房里，含着眼泪讲了一两个钟头，惹得我也淌了泪。但是我并没有答应以后改变态度。

像这样的事情是很多的。他一个人平静地代我们受了好些过，我们却不能够谅解他的苦心。我们说他的牺牲是不必要的。我们的话也并不错，因为即使没有他代我们受过承担了一切，叔父和婶娘也无法加害到我们的身上来。不过麻烦总是免不了的。

然而另一个更大的打击又来了。他那个聪明可爱的儿子还不到四岁，就害脑膜炎死掉了。他的希望完全破灭了。他的悲哀是很大的。

他的内心的痛苦已经深到使他不能够再过平静的生活了。在他的身上偶尔出现了神经错乱的现象。他称这种现象作"痰病"。幸而他发病的时间不多。

后来他居然帮助我和三哥（二叔也帮了一点忙，说句公平的话，二叔后来对待大哥和我们相当亲切）同路离开成都，以后又让我单独离开中国。他盼望我们几年以后学到一种专长就回到成都去"兴家立业"。但是我和三哥两个都违背了他的期望。我们一出川就没有回去过。尤其是我，不但不进工科大学，反而因为到法国的事情写过两三封信去跟他争论，以后更走了与他的期望相反的道路。不仅他对我绝了望，而且成都的亲戚们还常常拿我来做坏子弟的榜样，叫年轻人不要学我。

我从法国回来的第二年他也到了上海。那时三哥在北平，没有能够来上海看他。我们分别了六年如今又有机会在一起谈笑了，两个人都很高兴。我们谈了别后的许多事情，谈到三姐的惨死，谈到二叔的死，谈到家庭间的种种怪现象。我们弟兄的友爱并没有减少，但是思想的差异却更加显著了。他完全变成了旧社会中一位诚实的绅士了。

他在上海只住了一个月。我们的分别是相当痛苦的。我把他送到了船上。他已经是泪痕满面了。我和他握了手说一句："一路上好好保重。"正要走下去，他却叫住了我。他进了舱去打开箱子，拿出一张唱片给我，一面抽咽地说："你拿去唱。"我接到手一看，是G. F. 女士唱的 *Sonny Boy*[①]，两个星期前我替他在谋得利洋行买的。他知道我喜欢听这首歌，所以想起了把唱片拿出来送给我。然而我知道他也同样地爱听它。这时候我很不愿意把他喜欢的东西从他的手里夺去。但是我又一想我已经有许多次违抗过他的劝告了，这一次我不愿意在分别的时候使他难过，表弟们在下面催促我。我默默地接过了唱片。我那时的心情是不能够用文字表达的。

我和表弟们坐上了划子，让黄浦江的风浪颠簸着我们。我望

---

① G. F. 女士唱的 *Sonny Boy*，格蕾西·菲尔兹唱的《宝贝儿子》。

着外滩一带的灯光，我记起我是怎样地送别了一个我所爱的人，我的心开始痛起来，我的不常哭泣的眼睛里竟然淌下了泪水。

他回到成都写了几封信给我。后来他还写过一封诉苦的信。他说他会自杀，倘使我不相信，到了那一天我就会明白一切。但是他始终未说出原因来。所以我并不曾重视他的话。

然而在一九三一年春天的一个早晨，他果然就用毒药断送了他的年轻的生命。两个月以后我才接到了他的二十几页的遗书。在那上面我读着这样的话：

> 卖田以后……我即另谋出路。无如我求速之心太切，以为投机事业虽险，却很容易成功。前此我之所以失败，全是因为本钱是借贷来的，要受时间和大利的影响。现在我们自己的钱放在外边一样收利，我何不借自己的钱来做，一则利息也轻些，二则不受时间影响。用自己的钱来做，果然得了小利。……所以陆续把存放的款子提回来，作贴现之用，每月可收百数十元。做了几个月，很顺利。于是我就放心大胆地做去了。……哪晓得年底一病就把我毁了①，等我病好出外一看，才知道我们的养命根源已经化成了水。好，好！既是这样，有什么话说！所以我生日那天，请大家看戏后，就想自杀。但是我实在舍不得家里的人。多看一天算一天，混一天。现在混不下去了。我也不想向别人骗钱来用。算了罢。如果活下去，那才是骗人呢。……我死之后不用什么埋葬，随便分尸也可，或者听野兽吃也可。因我应得之罪累及家人受此痛苦，望从重对我的尸体加以处罚……

---

① 因为在他的病中好几家银行倒闭了，他并不知道。

这就是大哥自杀的动机了。他究竟是为了顾全绅士的面子而死,还是因为不能够忍受未来的更痛苦的生活,我虽然熟读了他的遗书,被里面一些极凄惨的话刺痛了心,但是我依旧不能够了解。我只知道他不愿意死,而且他也没有死的必要。我知道他写了三次遗书,又三次把它毁了。甚至在第四次的遗书里他还不自觉地喊着:"我不愿意死。"然而他终于像一个诚实的绅士那样吞食了自己摘下的苦果而死去了。结果他在那般虚伪的绅士眼前失掉了面子,并且把更痛苦的生活留给他的妻子和一儿四女(其中有四个我并未见过)。我们的叔父婶娘们在他死后还到他的家里逼着讨他生前欠的债;至于别人借他的钱,那就等于"付之东流"了。

大哥终于做了一个不必要的牺牲者而死去了。他这一生完全是在敷衍别人,任人播弄。他知道自己已经逼近了深渊,却依旧跟着垂死的旧家庭一天一天地陷落下去,终于到了完全灭顶的一天。他便不得不像一个诚实的绅士那样拿毒药做他唯一的拯救了。

他被旧礼教、旧思想害了一生,始终不能够自拔出来。其实他是被旧制度杀死的。然而这也是咎由自取。在整个旧制度大崩溃的前夕,对于他的死我不能有什么遗憾。然而一想到他的悲惨的一生,一想到他对我所做过的一切,一想到我所带给他的种种痛苦,我就不能不痛切地感觉到我丧失了一个爱我最深的人了。

我的幼年

　　窗外落着大雨，屋檐上的水槽早坏了，这些时候都不曾修理过，雨水就沿着窗户从缝隙浸入屋里，又从窗台流到了地板上。

　　我的书桌的一端正靠在窗台下面，一部分的雨水就滴在书桌上，把堆在那一角的书、信和稿件全打湿了。

　　我已经躺在床上，听见滴水的声音才慌忙地爬起来，扭亮电灯。啊，地板上积了那么一大摊水！我一个人吃力地把书桌移开，使它离窗台远一些。我又搬开了那些水湿的书籍，这时候我无意间发现了你的信。

　　你那整齐的字迹和信封上的香港邮票吸引了我的眼光，我拿起信封抽出了那四张西式信笺。我才记起四个月以前我在怎样的心情下面收到你的来信。我那时没有写什么话，就把你的信放在书堆里，以后也就忘记了它。直到今天，在这样的一个雨夜，你的信又突然在我的眼前出现了。朋友，你想，这时候我还能够把它放在一边，自己安静地躺回到床上闭着眼睛睡觉吗？

　　为了这书，我曾在黑暗中走了九英里的路，而且还经过三个冷僻荒凉的墓场。那是在去年九月二十三夜，我去香港，无意中见到这书，便把袋中仅有的钱拿来买了。这钱我原本打算留来坐Bus回鸭巴甸的。

在你的信里我读到这样的话。它们在四个月以前曾经感动了我。就在今天我第二次读到它们，我还仿佛跟着你在黑暗中走路，走过那些荒凉的墓场。你得把我看做你的一个同伴，因为我是一个和你一样的人，而且我也有过和这类似的经验。这样的经验我确实有的太多了。从你的话里我看到了一个时期的我的面影。年光在我的面前倒流过去，你的话使我又落在一些回忆里面了。

你说，你希望能够更深切地了解我。你奇怪是什么东西把我养育大的？朋友，这并不是什么可惊奇的事，因为我一生过的是"极平凡的生活"。我说过，我生在一个古老的家庭里，有将近二十个的长辈，有三十个以上的兄弟姊妹，有四五十个男女仆人，但这样简单的话是不够的。我说过我从小就爱和仆人在一起，我是在仆人中间长大的。但这样简单的话也还是不够的。我写出了一部分的回忆，但我同时也埋葬了另一部分的回忆。我应该写出的还有许多许多的事情。

是什么东西把我养育大的？我常常拿这个问题问我自己。当我这样问的时候，最先在我的脑子里浮动的就是一个"爱"字。父母的爱，骨肉的爱，人间的爱，家庭生活的温暖，我的确是一个被人爱着的孩子。在那时候一所公馆便是我的世界，我的天堂。我爱一切的生物，我讨好所有的人。我愿意揩干每张脸上的眼泪，我希望看见幸福的微笑挂在每个人的嘴边。

然而死在我的面前走过了。我的母亲闭着眼睛让人家把她封在棺材里。从此我的生活里缺少了一样东西。父亲的房间突然变得空阔了。我常常在几间屋子里跑进跑出，唤着"妈"这个亲爱的字。我的声音白白地被寂寞吞食了，墙壁上母亲的照片也不看我一眼。死第一次在我的心上投下了阴影。我开始似懂非懂地了解恐怖和悲痛的意义了。

我渐渐地变成了一个爱思想的孩子。但是孩子的心究竟容易忘记，我不会整天垂泪。我依旧带笑带吵地过日子。孩子的心就像一只羽毛刚刚长成的小鸟，它要飞，飞，只想飞往广阔的天空去。

幼稚的眼睛常常看不清楚。小鸟怀着热烈的希望展翅向天空飞去，但是一下子就碰着铁丝网落了下来。这时我才知道，自己并不是在自由的天空下面，却被人关在一个铁丝笼里。家庭如今换上了一个面目，它就是阻碍我飞翔的囚笼。

然而孩子的心是不怕碰壁的。它不知道绝望，它不知道困难，一次做失败的事情，还要接二连三地重做。铁丝的坚硬并不能够毁灭小鸟的雄心。经过几次的碰壁以后，连安静的孩子也知道反抗了。

同时在狭小的马房里，我躺在那些病弱的轿夫的烟灯旁边，听他们叙述悲痛的经历；或者在寒冷的门房里，傍着黯淡的清油灯光，听衰老的仆人绝望地倾诉他们的胸怀。那些没有希望只是忍受苦刑般地生活着的人的故事，在我的心上投下了第二个阴影。而且我的眼睛还看得见周围的一切。一个抽大烟的仆人周贵偷了祖父的字画被赶出去做了乞丐，每逢过年过节，偷偷地跑来，躲在公馆门前石狮子旁边，等着机会央求一个从前的同事向旧主人讨一点赏钱，后来终于冻馁地死在街头。老仆人袁成在外面烟馆里被警察接连捉去两次，关了几天才放出来。另一个老仆人病死在门房里。我看见他的瘦得像一捆柴的身子躺在大门外石板上，盖着一张破席。一个老轿夫出去在斜对面一个亲戚的家里做看门人，因为别人硬说他偷东西，便在一个冬天的晚上用了一根裤带吊死在大门内。当这一切在我的眼前发生的时候,我含着眼泪,心里起了火一般的反抗的思想。我说我不要做一个少爷,我要做一个站在他们一边,帮助他们的人。

反抗的思想鼓舞着这只不知天高地厚的小鸟用力往上面飞,要冲破那个铁丝网。但铁丝网并不是软弱的翅膀所能够冲破的。碰壁的次数更多了。这期间我失掉了第二个爱我的人——父亲。

我悲痛我的不能补偿的损失。但是我的生活使我没有时间专为个人的损失悲哀了。因为这个富裕的大家庭在我的眼前变成了一个专制的王国。仇恨的倾轧和斗争掀开平静的表面爆发了。势力代替了公道。许多可爱的年轻的生命在虚伪的礼教的囚牢里挣扎,受苦,憔悴,呻吟以至于死亡。然而我站在旁边不能够帮助他们。同时在我的渴望发展的青年的灵魂上,陈旧的观念和长辈的威权像磐石一样沉重地压下来。"憎恨"的苗子是在我的心上发芽生叶了。接着"爱"来的就是这个"恨"字。

年轻的灵魂是不能相信上天和命运的。我开始觉得现在社会制度的不合理了。我常常狂妄地想:我们是不是能够改造它,把一切事情安排得更好一点。但是别人并不了解我。我只有在书本上去找寻朋友。

在这种环境中我的大哥渐渐地现出了疯狂的倾向。我的房间离大厅很近,在静夜,大厅里的任何微弱的声音我也可以听见。大厅里放着五六乘轿子,其中有一乘是大哥的。这些时候大哥常常一个人深夜跑到大厅上,坐到他的轿子里面去,用什么东西打碎轿帘上的玻璃。我因为读书睡得很晚,这类声音我不会错过。我一听见玻璃破碎声,我的心就因为痛苦和愤怒痛起来了。我不能够再把心关在书上,我绝望地拿起笔在纸上涂写一些愤怒的字眼,或者捏紧拳头在桌上捶。

后来我得到了一本小册子，就是克鲁泡特金的《告少年》（这是节译本）。我想不到世界上还有这样的书！这里面全是我想说而没法说得清楚的话。它们是多么明显，多么合理，多么雄辩。而且那种带煽动性的笔调简直要把一个十五岁的孩子的心烧成灰了。我把这本小册子放在床头，每夜都拿出来，读了流泪，流过泪又笑。那本书后面附印着一

克鲁泡特金

些警句，里面有这样的一句话："天下第一乐事，无过于雪夜闭门读禁书。"我觉得这是千真万确的。从这时起，我才开始明白什么是正义。这正义把我的爱和恨调和起来。

但是不久，我就不能以"闭门读禁书"为满足了。我需要活动来发散我的热情；需要事实来证实我的理想。我想做点事情，可是我又不知道应该怎样地开头去做。没有人引导我。我反复地翻阅那本小册子，译者的名字是真民，书上又没有出版者的地址。不过给我这本小册子的人告诉我可以写信到上海新青年社去打听。我把新青年社的地址抄了下来，晚上我郑重地摊开信纸，

怀着一颗战栗的心和求助的心情，给《新青年》的编者写信。这是我一生写的第一封信，我把我的全心灵都放在这里面，我像一个谦卑的孩子，我恳求他给我指一条路，我等着他来吩咐我怎样献出我个人的一切。

信发出了。我每天不能忍耐地等待着，我等着机会来牺牲自己，来消耗我

的活力。但是回信始终没有来。我并不抱怨别人，我想或者是我还不配做这种事情。然而我的心并不曾死掉，我看见上海报纸上载有赠送《夜未央》的广告，便寄了邮票去。在我的记忆还不曾淡去时，书来了，是一个剧本。我形容不出这本书给我的激动。它给我打开了一个新的眼界。我第一次在另一个国家的青年为人民争自由谋幸福的斗争里找到了我的梦景中的英雄，找到了我的终身的事业。

大概在两月以后，我读到一份本地出版的《半月》，在那上面我看见一篇《适社的旨趣和组织大纲》，这是转载的文章。那意见和那组织正是我朝夕所梦想的。我读完了它，我的心跳得很厉害。我无论如何不能够安静下去。两种冲突的思想在我的脑子里争斗了一些时候。到夜深，我听见大哥的脚步声在大厅上响了，我不能自主地取出信纸摊在桌上，一面听着玻璃打碎的声音，一面写着愿意加入"适社"的信给那个《半月》的编辑，要求他作我的介绍人。

这信是第二天发出的，第三天回信就来了。一个姓章的编辑亲自送了回信来，他约我在一个指定的时间到他的家里去谈话。我毫不迟疑地去了。在那里我会见了三四个青年，他们谈话的态度和我家里的人完全不同。他们充满了热情、信仰和牺牲的决心。我把我的胸怀，我的痛苦，我的渴望完全吐露给他们。作为回答，他们给我友情，给我信任，给我勇气。他们把我当作一个知己朋友。从他们的谈话里我知道"适社"是重庆的团体，但是他们也想在这里成立一个类似的组织。他们答应将来让我加入他们的组织，和他们一起工作。我告辞的时候，他们送给我几本"适社"出版的宣传册子，并且写了信介绍我给那边的负责人通信。

事情在今天也许不会是这么简单，这个时候人对人也许不会这么轻易地相信，然而在当时一切都是非常自然。这个小小的客厅简直成了我的天堂。在那里的两小时的谈话照彻了我的灵魂。我好像一只被风暴打破的船找到了停泊的港口。我的心情昂扬，我带着幸福的微笑回到家里。就在这天的夜里，我怀着佛教徒朝山进香时的虔诚，给"适社"的负责人写了信。

我的生活方式渐渐地改变了，我和那几个青年结了亲密的友谊。我做了那个半月刊的同人，后来也做了编辑。此外我们还组织了一个团体：均社。我自称为"安那其主义者"，就是从那时候开始的。团体成立以后就来了工作。办刊物、通讯、散传单、印书，都是我们所能够做的事情。我们有时候也开秘密会议，时间是夜里，地点总是在僻静的街道，参加会议的人并不多，但大家都是怀着严肃而紧张的心情赴会的。每次我一个人或者和一个朋友故意东弯西拐，在黑暗中走了许多路，听厌了单调的狗叫和树叶飘动声，以后走到作为会议地点的朋友的家，看见那些紧张的亲切的面孔，我们相对微微地一笑，那时候我的心真要从口腔里跳了出来。我感动得几乎不觉到自己的存在了。友情和信仰在这个阴暗的房间里开放了花朵。

但这样的会议是不常举行的，一个月也不过召集两三次，会议之后是工作。我们先后办了几种刊物，印了几本小册子。我们抄写了许多地址，亲手把刊物或小册子一一地包卷起来，然后几个人捧着它们到邮局去寄发。五一节来到的时候，我们印了一种传单，派定几个人到各处去散发。那一天天气很好，我挟了一大卷传单，在离我们公馆很远的一带街巷里走来走去，直到把它们散发光了，又在街上闲步一回，知道自己没有被人跟着，才放心地到约定集合的地方去。每个人愉快地叙述各自的经验。这一天我们就像在过节。又有一次我们为了一件事情印了传单攻击当时统治省城的某军阀。这传单应该贴在几条大街的墙壁上。我分得一大卷传单回到家里。晚上我悄悄地叫一个小听差跟我一起到十字街口去。他拿着一碗浆糊。我挟了一卷传单,我们看见墙上有空白的地方就把传单贴上去。没有人干涉我们。有几次我们贴完传单走开了,回头看时,一两个黑影子站在那里读我们刚才贴上去的东西。我相信在夜里他们要一字一字地读完它,并不是容易的事情。

《半月》是一种公开的刊物,社员比较多而复杂。但主持的仍是我们几个人。白天我们中间有的人要上学,有的人要做事,夜晚我们才有空聚在一起。每天晚上我总要走过几条黑暗的街巷到"半月社"去。那是在一个商场的楼上。我们四五个人到了那里就忙着卸下铺板,打扫房间,回答一些读者的信件,办理种种的杂事,等候那些来借阅书报的人,因为我们预备了一批新书报免费借给读者。我们期待着忙碌的生活,宁愿忙得透不过气来。共同的牺牲的渴望把我们大家如此坚牢地系在一起。那时候我们只等着一个机会来交出我们个人的一切,而且相信在这样的牺牲之后,理想的新世界就会跟着明天的太阳一同升起来。这样的幻梦固然带着孩子气,但这是多么美丽的幻梦啊!

我就是这样地开始了我的社会生活的。从那时起,我就把我的幼年深深地埋葬了。……

窗外刮起大风,关住的窗门突然大开了。雨点跟着飘了进来。我面前的信笺上也溅了水。写好的信笺被风吹起,散落在四处。我不能够继续写下去了,虽然我还有许多话没有向你吐露。我想,我不久还有机会给你写信,叙述那些未说到的事情。我不知道我上面的话能不能够帮助你更了解我。但是我应该感谢你,因为你的信给我唤起了这许多可宝贵的回忆。那么就让这风把我的祝福带给你罢。现在我也该躺一会儿了。

1936年8月深夜

〔作者附记〕

"安那其主义"就是"无政府主义"("安那其"是译音)。我最近在一篇文章里写过一些解释自己的话,有一段倒可以引用在这里:

"……在五四运动后,我开始接受新思想的时候,面对着一个崭新的世界,我有点张皇失措,但是我也敞开胸膛尽量吸收,只要是伸手抓得到的新的东西,我都一下子吞进肚里。只要是新的、进步的东西我都爱;旧的、落后的东西我都恨。我的脑筋并不复杂,我又缺乏判断力。以前读的不是"四书五经",就是古今中外的小说。后来我开始接受了无政府主义,但也只是从克鲁泡特金的小册子和刊物上一些文章里得来的。……思想的浅薄与混乱不问可知。不过那个时候我也懂得一件事情:地主是剥削阶级,工人和农人养活了我们,而他们自己却过着贫苦、悲惨的生活。我们的上辈犯了罪,我们自然不能说没有责任,我们都是靠剥削生活的。所以当时像我那样的年轻人都有这种想法:推翻现在的社会秩序,为上辈赎罪。……我终于离开了我在那里面生活了十九年的家。但是我从一个小圈子出来,又钻进了另一个小圈子。一九二八年年底我从法国回到上海,再过两年半,成都那个封建家庭垮了,我大哥因破产而自杀。可是我在上海一直关在小资产阶级的圈子里,不能够突围出去。我不断地嚷着要突围,我不断地嚷着要改变生活方式,要革命。其实小资产阶级的圈子并非铜墙铁壁,主要的是我自己没有决心,没有勇气。革命的道路是很宽广的。然而我却视而不见,找不到路,或者甚至不肯艰苦地追求。从前我在成都办刊物的时候,有一个年纪较大的朋友比我先接受了无政府主义。可是后来他不能满足于空谈革命,终于抛弃了无政府主义,找到了正确的道路,参加了中国共产党,在一九二八年被成都某军阀逮捕枪决了。我却一直不肯抛掉无政府主义的思想,也可能是下意识地想用这种思想来掩饰自己的软弱、犹豫和彷徨,来保护自己继续过那种自由而矛盾的、闲适而痛苦的生活。无政府主义使我满意的地方是它重视个人自由,而又没有一种正式的、严密的组织。一个人可以随时打出无政府主义的招牌,他并不担承任何的义务……这些都适合我那种小资产阶级的思想感情。说实话,我当初开始接受新思想的时候,我倒希望找到一个领导人,让他给我带路。可是我后来却渐渐地安于这种所谓无政府主义式的生活了。自然,这种生活里也不是没有痛苦的。恰恰相反,它充满了痛苦。所以我在我的作品中不断地呻吟、叫苦,甚至发出了'灵魂的呼号'。然而我并没有认真地寻求解除痛苦、改变生活的办法。换句话说,我并不曾去寻求正确的革命道路。我好像一个久病的人,知道自己病,却渐渐习惯了病中的生活,倒颇有以病为安慰、以痛苦为骄傲的心思,懒得去请教医生。……固然我有时也连声高呼:'我不怕,我有信仰!'我并不是用假话骗人。我从来不曾怀疑过:旧的要灭亡,新的要壮大;旧社会要完蛋,新社会要到来;光明要把黑暗驱逐干净。这就是我的坚强的信仰。但是提到我个人如何在新与旧、光明与黑暗的斗争中尽一份力量时,我就感到空虚了。我自己不去参加实际的、具体的斗争,却只是闭着眼睛空谈革命,所以绞尽脑汁也想不到战略、战术和个人应当如何在党的领导下参加战斗。……我常常把解放前的我比作坐井观天的人:关在小资产阶级知识分子的小圈子里望着整个社会的光明前途。我隐隐约约地看得见前途的光明。这光明是属于人民的。至于我个人呢，尽管我相信光明一定会普照新中国，但是为我自己，我并不敢抱多大的希望。我的作品中那些忧郁、悲哀的调子，就是从这种心境产生的……"

——1959年5月注

我的几个先生

我接到了你的信函，这的确是意外的，然而它使我更高兴。不过要请你原谅我，我失掉了你的通信地址，没法直接寄信给你，那么就让我在这里回答你几句，我相信你能够看见它们。

那天我站在开明书店的货摊旁边翻看刚出版的《中流》半月刊创刊号，你走过来问我一两件事，你的话很短，但是那急促而颤抖的声音却达到了我的心的深处。我和你谈了几句话，我买了一本《中流》，你也买了一本。我看见你到柜上去付钱，我又看见你匆匆地走出书店，我的眼前还现着你的诚恳的面貌。我后来才想起我忘记问你的姓名，我又因为这件事情而懊恼了。

第二天意外地来了你的信，你一开头就提起《我的幼年》这篇文章，你说了一些令人感动的话。朋友，我将怎样回答你呢？我的话对你能够有什么帮助呢？我的一番话并不能够解除谁的苦闷；我的一封信也不能够给谁带来光明。我不能说："我是世界的光，跟从我的就不在黑暗里走，必要得着生命的光。"因为我是一个平凡到极点的人。

朋友，相信我，我说的全是真话。我不能够给你指出一条明确的路，叫你马上去交出生命。你当然明白我们生活在什么样的时代，处在什么样的环境；你当然知道我们说一句什么样的话，或者做一件什么样的事，就会有什么样的结果。要交出生命是很容易的事情，但是困难却在如何使这生命像落红一样化着春泥，还可以培养花树，使来春再开出灿烂的花朵。这一切你一定比我更明白。路是有的，到光明去的路就摆在我们的面前，不过什么时候才能够达到光明，那就是问题了。这一点你一定也很清楚。路你自己也会找到。这些都用不着我来告诉你。但是对于你的来信我觉得我仍然应该写几句回答的话。你谈起我的幼年，你以为你比从前更了解我，你说我说出了你很久就想说而未说出的话，你告诉我你读我的《家》读了一个通夜，你在书里见到你自己的面影——你说了那许多话。你现在完全知道我是在怎样的环境里长成的了。你的环境和我的差不多，所以你容易了解我。

我可以坦白地说，《我的幼年》是一篇真实的东西。然而它不是一篇完整的文章，它不过是一篇长的作品的第一段。我想写的事情太多了，而我的拙劣的笔却只许我写出这么一点点。我是那么仓猝地把它结束了的。现在我应该利用给你写信的机会接着写下去。我要来对你谈谈关于我的先生的话，因为你在来信里隐约地问起"是些什么人把你教育成了这样的"？

在给香港朋友的信里，我说明了"是什么东西把我养育大的"。现在我应该接着来回答"是些什么人把我教育成了这样的"这个问题了。这些人不是在私塾里教我识字读书的教书先生，也不是在学校里授给我新知识的教员。我并没有受到他们的什么影响，所以我很快地忘记了他们。给了我较大影响的还是另外一些人，倘使没有他们，我也许不会成为现在这个样子。

我的第一个先生就是我的母亲。我已经说过使我认识"爱"

字的是她。在我幼小的时候，她是我的世界的中心。她很完满地体现了一个"爱"字。她使我知道人间的温暖，她使我知道爱与被爱的幸福。她常常用温和的口气，对我解释种种的事情。她教我爱一切的人，不管他们贫或富；她教我帮助那些在困苦中需要扶持的人；她教我同情那些境遇不好的婢仆，怜恤他们，不要把自己看得比他们高，动辄将他们打骂。母亲自己也处过不少的逆境。在大家庭里做媳妇，这苦处是不难想到的。①但是母亲从不曾在我的眼前淌过泪，或者说过什么悲伤的话。她给我看见的永远是温和的、带着微笑的脸。我在一篇短文里说过："我们爱夜晚在花园上面天空中照耀的星群，我们爱春天在桃柳枝上鸣叫的小鸟，我们爱那从树梢洒到草地上面的月光，我们爱那使水面现出明亮珠子的太阳。我们爱一只猫，一只小鸟。我们爱一切的人。"这个"爱"字就是母亲教给我的。

因为受到了爱，认识了爱，才知道把爱分给别人，才想对自己以外的人做一些事情。把我和这个社会联起来的也正是这个"爱"字，这是我的全性格的根柢。

因为我有这样的母亲，我才能够得到允许（而且有这种习惯）和仆人、轿夫们一起生活。我的第二个先生就是一个轿夫。

轿夫住在马房里，那里从前养过马，后来就专门住人。有三四间窄小的屋子。没有窗，是用竹篱笆隔成的，有一段缝隙，可以透进一点阳光，每间房里只能放一张床，还留一小块地方做过

---

① 《家》里面有一段关于母亲的话，还是从大哥给我的信里摘录下来的："她又含着眼泪把她嫁到我们家来做媳妇所受的气一一告诉我。……爹以过班知县的身份进京引见去了。她在家里日夜焦急地等着……这时爹在北京因验看被驳，陷居京城。消息传来，爷爷时常发气，家里的人也不时揶揄。妈心里非常难过。……她每接到爹的信总要流一两天的眼泪。"

道。轿夫们白天在外面奔跑，晚上回来在破席上摆了烟盘，把身子缩成一堆，挨着鬼火似的灯光慢慢地烧烟泡。起初在马房里抽大烟的轿夫有好几个，后来渐渐地少了。公馆里的轿夫时常更换。新来的年轻人不抽烟，境遇较好的便到烟馆里去，只有那个年老瘦弱的老周还留在马房里。我喜欢这个人，我常常到马房里去，躺在他的烟灯旁边，听他讲种种的故事。他有一段虽是悲痛的却又是丰富的经历。他知道许多、许多的事情，他也走过不少的地方，接触过不少的人。他的老婆跟一个朋友跑了，他的儿子当兵死在战场上。他孤零零地活着，在这个公馆里他比谁更知道社会，而且受到这个社会不公平的待遇。他活着也只是痛苦地挨日子。但是他并不憎恨社会，他还保持着一个坚定的信仰：忠实地生活。用他自己的话来说："火要空心，人要忠心。"他这"忠心"并不是指奴隶般地服从主人。他的意思是忠实地依照自己的所信而活下去。他的话和我的母亲的话完全两样。他告诉我的都是些连我母亲也不知道的事情。他并不曾拿"爱"字教我。然而他在对我描绘了这个社会的黑暗面，或者叙说了他自己的悲痛的经历以后，就说教似的劝告我："要好好地做人，对人要真实，不管别人待你怎样，自己总不要走错脚步。自己不要骗人，不要亏待人，不要占别人的便宜。……"我一面听他这一类的话，一面看他的黑瘦的脸，陷落的眼睛和破衣服裹住的瘦得见骨的身体，我看见他用力从烟斗里挖出烧过两次的烟灰去拌新的烟膏，我心里一阵难受，但是以后禁不住想是什么力量使他到了这样的境地还说出这种话来！

马房里还有一个天井，跨过天井便是轿夫们的饭厅，也就是他们的厨房。那里有两个柴灶。他们做饭的时候，我常常跑去帮忙他们烧火。我坐在灶前一块石头上，不停地把干草或者柴放进灶孔里去。我起初不会烧火,看看要把火弄灭了,老周便把我拉开,他用火钳在灶孔里弄几下,火就熊熊地燃了起来。他放下火钳得意地对我说:"你记住,火要空心,人要忠心。"的确,我到今天还记得这样的话。

我从这个先生那里略略知道了一点社会情况。他使我知道在家庭以外还有所谓社会,而且他还传给我他那种生活态度。日子一天一天像流星似的过去。我渐渐地长大起来。我的脚终于跨出了家庭的门限。我认识了一些朋友,我也有了新的经历,在这些朋友中间我找到了我的第三个先生。

我在一篇题作《家庭的环境》的回忆里,曾经提到对于我的智力的最初发展有帮助的两个人,那就是我的大哥和一个表哥。我跟表哥学过三年的英文;大哥买了不少的新书报,使我能够贪婪地读它们。但是我现在不把他们列在我的先生里面,因为我在这里说的是那些在生活态度上(不是知识上)给了我很大的影响的人。

在《我的幼年》里,我叙说过我怎样认识那些青年朋友。这位先生就是那些人中间的一个。他是《半月》的一个编辑,我们举行会议时总有他在场;我们每天晚上在商场楼上半月报社办事的时候,他又是最热心的一个。他还是我在外国语专门学校的同学,班次比我高。我刚进去不久,他就中途辍了学。他辍学的原因是要到裁缝店去当学徒。他的家境虽不宽裕,可是还有钱供他读书。但是他认为"不劳动者不得食",说"劳动是神圣的事"[①]。他为了使他的言行一致,毅然脱离了学生生活,真的

[①] 他很喜欢当时一个流行的标语:"人的道德为劳动与互助;唯劳动乃能生活,唯互助乃能进化。"

跑到一家裁缝店规规矩矩地行了拜师礼，订了当徒弟的契约。每天他坐在裁缝铺里勤苦地学着做衣服，傍晚下工后才到报社来服务。他是一个近视眼，又是初学手艺，所以每晚他到报社来的时候，手指上密密麻麻地满是针眼。他自己倒高兴，毫不在乎地带着笑容向我们叙述他这一天的有趣的经历。我们不由得暗暗地佩服他。他不但这样，同时还实行素食。我们并不赞成他的这种苦行，但是他实行的毅力和刻苦的精神却使我们齐声赞美。

他还做过一件使我们十分感动的事，我曾把它写进了我的小说《家》。事情是这样的：他是《半月》的四个创办人之一，他担负大部分的经费。刊物每期销一千册，收回的钱很少。同时我们又另外筹钱刊印别的小册子，他也得捐一笔钱。这两笔款子都是应当按期缴纳不能拖延的。他家里是姐姐管家，不许他"乱用"钱。他找不到钱就只好拿衣服去押当，或是当棉袍，或是当皮袍。他怕他姐姐知道这件事，他出去时总是把拿去当的衣服穿在身上，走进了当铺以后才脱下来。当了钱就拿去缴月捐。他常常这样办，所以他闹过热天穿棉袍的笑话，也有过冬天穿夹袍的事情。

我这个先生的牺牲精神和言行一致的决心，以及他不顾一切毅然实行自己主张的勇气和毅力，在我的生活里留下了不可磨灭的影响。我第一次在他的身上看见了信仰所开放的花朵。他使我第一次知道一个人的毅力会做出什么样的事情。母亲教给我"爱"，轿夫老周教给我"忠实"（公道），朋友吴教给我"自己牺牲"。我虽然到现在还不能够做到像他那样地"否定自己"，但是我的行为却始终受着这个影响的支配。

朋友，我把我的三个先生都简略地告诉你了。你现在大概可

以明白是些什么人把我教育到现在这个样子的罢。我自己相当高兴，我毕竟告诉了你一些事情，这封信不算是白白地写了。

1936年9月

我的故事

　　我在大太阳下面跑了半天的路，登了五十级楼梯，到了一个地方①，刚刚揩了额上的汗珠坐下，你的信就映入我的眼帘。我拆开信封，你那陌生而古怪的笔迹刺着我的眼睛。我看了几个字，把信笺放回到信封里；我又去拆第二封信。……我把别的几封信都匆忙地读了，同你的信一起放在衣袋里。我和这个地方的人说了几句话，便又匆匆地走下五十级楼梯，跑到街心去了。刚好前面停着一辆无轨电车，我一口气跑了过去。车子正要开动，我连忙跳了上去。车厢里人很少，我占着宽敞的座位。过了一会儿，我的心的跳动渐渐地恢复了常态，我可以把思想集中在一件事情上面了，我便取出你的信来，仔细地但很费力地读了一遍，我不曾遗漏一个字，甚至写在你的名字下面的日期。那么一个悲痛的日子②！我不会把它忘掉。在你的名字上面写着的"一个小孩子"五个字，使我深深地感动。

　　电车到了一个站头，我下了车。我半跑半走地到了另一个地方，又登上几十级楼梯，在一个窄小的编辑室③里坐下来，我开始

---

① 一个地方，指当时的文化生活出版社，在上海福州路436号三楼。
② 一个悲痛的日子，指1936年9月18日。
③ 编辑室，指当时在北四川路的良友图书公司的编辑室。

校对一篇我的稿子，就是那个悲痛的日子的文章①。关于那个日子我应该写一篇有力的东西。但是文句从我的笔下流到纸上，却变成多么软弱的句子了。生在这个时代，连我们的手和我们的舌头都似乎被什么东西钳住了似的，然而我们却尽管昂着头得意地走在街上说我们是自由的人！我校完那篇短文，我望着镶在它四周的宽黑边，一阵暗云在我的眼前飞过，我的心变得沉重起来。甚至那油墨印出的字迹也在对着我哭泣了。我不能够忍耐。我反抗地把校样折起发回给排字工人，我反抗地做出笑脸，对朋友们说了好几句话。于是有人来通知说，一个从乡下来的朋友在下面等着见我。我便走了下去。

　　四年的分别使我几乎不认识那个年轻友人了。四年前我和他有过一次谈话的机会。后来他托一位朋友转给我一只剥制过的小鳄鱼。那个热带动物至今还爬在我的书架上。它的尾巴被一个朋友的小孩折断了一节，但是它的口还凶恶地大大张开。我每次望着它那个好像要把我吞下去的大嘴，就想起了南国灿烂的阳光，明亮的河流，长春的树木，尤其是那些展示了生命之丰富与美丽的大树。我的寒冷的房间因此渐渐地暖起来。这温暖也曾帮助我写成一些文章。我感谢那个朋友，但是我却没有机会向他表示谢忱。这一天我见到他。我们到附近一个咖啡店②里去谈了一个多钟头。他是从炎热的南洋来的，在那边他每天都喝咖啡，可是现在他说他不大喝它了。我从前看见他的时候，他似乎是一个健谈的人，如今他却不大开口了。每一次我闭了嘴看他，他的眼光停在我的脸上，他脸上的肌肉微微地动着，嘴也微微地动着，他似乎

---

　　① 文章，指《文季月刊》（良友公司发行）1936年9月号的卷头语。
　　② 咖啡店，指街角的"安乐园"。当时有人找我或靳以谈话，我们常常约他或她在那里见面。

有许多不寻常的话要说出来。但是他只说了三四句寻常的话又沉默了。我很了解他:他不愿意回到守旧的乡村,想在都市里找到一个职业,只求能够简单地生活下去,为社会做一点有益的事情,为自己求得更多的学识。他这样一个大学毕业生找职业,要求并不高,但是这个社会上到处都是墙壁,没有一道门为他开过半扇。我后来问过一个朋友,得到的回答是:"大学毕业生,不敢碰。"别人以为"小事情不敢请大学生屈就",而大事情却又被有势力的人"捷足先登"了。这是一个普遍的悲剧。在我们这个国家里要个别地找到个人的出路,似乎很艰难。我怀着痛苦的心情勉强做出笑容,对这位朋友说了不少安慰和鼓励的话。他好像渐渐地兴奋起来了。但是从咖啡店出来,我和他在街口握手告别的时候,我仔细地回想到刚才对他说的那些话,我又有一种痛苦不安的感觉。我的那些话对他能够有什么帮助呢?我不是白白地浪费了他的光阴么?

我回到编辑室,看见写字桌上有一封从北方来的信,也是一个不认识的朋友写的,我拆开信,取出那几张作为信笺的稿纸,我忽然胆怯起来,我不敢看它们,我就把它们揣在怀里。过了一阵一个电话打来,要我再到我先前离开的那个地方去,有人在那里等我。我匆忙地走到无轨电车的站头。无轨电车又把我带到先前来过的地方。我又登了五十级楼梯走到三层楼上。在这里我和不曾约定而无意间碰在一起的几个朋友,谈了一个多钟头的闲话。我又应该回到一点多钟前离开的那个地方去。因为那边还有朋友等着我一道吃饭,现在是吃饭的时候了。我从这里邀了一个朋友和我同去。

我们到了一家广东饭馆①,另一个朋友②交了一封信给我。一

---

① 广东饭馆,指北四川路虬江路口的"新雅"。
② 另一个朋友,指靳以。

位患着肺病而不得不在南京一个机关里当小职员的友人①用快信告诉我,他的太太死了。一个影子在我的眼前掠过。我恍惚地看见了死的面影。我的心变得沉重了。我和这位友人两年多不通信了,和他的太太分别还是四年前的事。我记得很清楚:在北平的一个秋天的傍晚,那位脸颊红红的年轻太太,从她的母亲家小心翼翼地抱了新缝的铺盖到公寓里来,那情景还非常鲜明地现在我的眼前。这一对病弱的夫妇给了我不少的友情的温暖。我更不能忘记他们送我到车站的情景,那一天我们谈了许多话,但以后这些都成了春梦。我离开了他们,飘游了不少的地方,回到上海住了将近一年以后,在这个上海的秋天的傍晚,却意外地得到他的信,知道他的太太"在上月二十五日傍晚已经死去了,她想挣扎却再也不能挣扎地向生活永诀了"。那位朋友接着还说:"她临死的时候还说,她死,我将是世界上一个最漂泊的人,我漂泊到什么地方去,又为什么要漂泊,她就没有给我接说,连我也不知道!"

我反复地读着信,我几乎当着几个朋友的面流下眼泪来,但是我终于用绝大的努力忍住了。我甚至开始大声说笑话。我似乎完全忘记了朋友的事情。然而在我的眼前还不时晃动着那两片红红的脸颊,和那一张苍白色的瘦削的脸。

我们在饭馆里坐了一个多钟头,安静地走出来,看见街上飞驰的兵车和惊慌的行人,才知道一个重大的"事件"突然发生了。一些市街在"友邦"军队②的警戒下断绝了交通。我看见了不少的枪刺,绕了不少的圈子,并且靠了一个黄包车夫的帮助,才回到了家。我怀着激动的心情,给他写了回信。我还继续写我的

---

① 友人,指缪崇群。
② "友邦"军队,指日本海军陆战队。

长篇小说①。这些时候外面静得如在一座古城，只有一些兵车的声音来打破这窒息人的沉寂。我一直写到凌晨四点多钟。

朋友，你看，对于你那两页信笺我所能答复的就只是这最后的两行。（你说："我很愿意知道你现在的情形，告诉我一些关于你的故事吧。那么我们中间会了解的。"）我只能够简略地告诉你一点点我的生活情形。你看我是一个多么软弱无力的人，而且我过的又是多么平凡的生活啊！

你说："我永远忘不了从你那里得来的勇气。"你说："你给了我生活的勇气。你给了我战斗的力量。"朋友，你把我过分地看重了。倘使你真的有那勇气，真的有那力量，那么应该说是社会把你磨炼出来的。你这个"陌生的十几岁的女孩"，你想不到现在是你给了我勇气，使我写出上面那些事情的。那么让我来感谢你吧。②

1936年9月

---

① 长篇小说，指《春》，当时在《文季月刊》上连载。

② 在删去了那封短信《我的路》（1936年10月写）的开头，我还写过这样的话："的确我不应该用这么软弱的信来回答一个充满热情的勇气的孩子。我那封信的结尾本来应该照下面的样子写的：

" '你说："我永远忘不了从你那里得来的勇气。"你说："你给了我生活的勇气。你给了我战斗的力量。"朋友，你把我过分地看重了。倘使你真的有那勇气，真的有那力量，那么应该说是社会把你磨炼出来的。你这个"陌生的十几岁的女孩"，倒是你说了正确的话："去年一二·九学生运动的高潮把我鼓舞起来，使我坚决地走上民族解放斗争的路途！在这半年的战斗中，我得着不少的活知识与宝贵的经验。我抛弃了个人主义的孤立状态而走向集体的生活当中。我爱群众，我生活在他们中间。是的，我要把个人的幸福建筑在劳苦大众的幸福上。我要把我的生命和青春献给他们。"你看，现在是你给了我勇气使我写出上面那些事情的。那么让我来感谢你吧。'

"但是我遗漏了那一段极其重要的话。今天我反复地读它，我倒为这个重要的遗漏而感到苦恼了。（下略）"

悼鲁迅先生[1]

10月19日上午，一个不幸的消息从上海的一角传出来，在极短的时间里就传遍了全中国，全世界：

鲁迅先生逝世了！

花圈、唁电、挽辞、眼泪、哀哭从中国各个地方像洪流一样地汇集到上海来。任何一个小城市的报纸上也发表了哀悼的文章，连最远僻的村镇里也响起了悲痛的哭声。全中国的良心从没有像现在这样地悲痛的。这一个老人，他的一支笔、一颗心做出了那些巨人所不能完成的事业。甚至在他安静地闭上眼睛的时候，他还把成千上万的人牵引到他的身边。不论是亲密的朋友或者恨深的仇敌，都怀着最深的敬意在他的遗体前哀痛地埋下了头，至少在这一刻全中国的良心是团结在一起的。

我们没有多的言辞来哀悼这么一位伟大的人，因为一切的语言在这个老人的面前都变成了十分渺小；我们不能单单用眼泪来埋葬死者，因为死者是一个至死不屈的英勇战士。但是我们也无法制止悲痛来否认我们的巨大损失；这个老人的逝世使我们失去了一位伟大的导师，青年失去了一个爱护他们的知己朋友，中国

---

[1] 这是《文季月刊》一卷六期的卷头语。《文季月刊》是我和靳以编辑的文学刊物，由上海良友图书公司发行。

人民失去了一个代他们说话的人,中华民族解放运动失去了一个英勇的战士。这个缺额是无法填补的。

鲁迅先生是伟大的。没有人能够否认这样的一句话。然而我们并不想称他作巨星,比他作太阳,因为这样的比喻太抽象了。他并不是我们可望而不可即的自然界的壮观。他从不曾高高地坐在中国青年的头上。一个不识者的简单的信函就可以引起他胸怀的吐露,一个在困苦中的青年的呼吁也会得到他同情的帮忙。在中国没有一个作家像他那样爱护青年的。

然而把这样的一个人单单看作中国文艺界的珍宝是不够的。我们固然珍惜他在文学上的成就,我们也和别的许多人一样以为他的作品可以列入世界不朽的名作之林,但是我们更重视:在民族解放运动中,他是一个伟大的战士;在人类解放运动中,他是一个勇敢的先驱。

鲁迅先生的人格比他的作品更伟大。近二三十年来他的正义的呼声响彻了中国的暗夜,在荆棘遍地的荒野中,他高举着思想的火炬,领导无数的青年向着远远的一线亮光前进。

现在,这样的一个人从中国的地平线上消失了。他的死是全中国人民的一个不可补偿的损失。尤其是在国难加深、民族解放运动炽烈的时候,失去了这样的一个伟大的导师,我们的哀痛不是没有原因的。

别了,鲁迅先生!你说:"忘记我。"没有一个人能够忘记你的。我们不会让你静静地死去。你会活起来,活在我们的心里,活在全中国人民的心里。你活着来看大家怎样继承你的遗志向中华民族解放的道路迈进!

1936年10月在上海

悼范兄

昨夜窗外落着大雨，刚刚修补好的屋顶，阻止不了雨水的浸泻，我用一个面盆做武器，跟那接连不断的雨滴战斗。我躺在床上，整夜发着高热，不能闭上眼睛，那些时候我都想起你，我善良仁厚的亡友。我的心燃烧着，我的身体燃烧着，但我的头脑却是清醒的。在这凌乱地堆满家具和书报的宽大楼房的黑暗中展开了十二年的友情。你的和蔼的清瘦的面颜，通过了十二年的长岁月，在这雨夜里发亮。在闽南一个古城的武庙中，我们第一次握手，这是我最初从你的亲切的话里得到温暖和鼓舞。没有经过第三个人的介绍，我们竟然彼此深切地了解了。是社会改革的伟大理想把我们拉拢的。你为着自己的理想劳苦了二十年，你把你的心血、精力、肌肉都献了给它，人们看见你一天天地瘦下去，弱下去。一直到死，你没有停止过你的笔和唇舌。

我没有忘记，就是在十二年前那个南国的秋天里，我们在武庙的一个凉台上喝着绿豆粥，过了二三十个黄昏，我们望着夜渐渐地从庭前两棵大榕树繁茂的枝叶间落到地上，畅快地谈论着当前的社会问题和美丽的未来的梦景。让我们热情的声音，在晚风中追逐。参加谈话的人，我记得有时是五个，有时是六个。他们如今散处在四方，都还活得相当结实，却料不到偏偏少了一个你。

在朋友中你是一个切实的人。即使在侈谈梦景的时候，你也不曾让热情把你引到幻想的境域里去。在第一次的闲谈中我就看出来，甚至当崇高的理想在你脸上发光的时候，你也仍旧保持着科学的头脑。靠着你，我多知道一些事情，我知道怎样节制我的幻想，不让夸张的梦景迷住了我的眼睛。凉台上的夜谈并不是白费的。至少对我已经发生影响了。

在那个古城里，我们常常同看秋夜的星空。在那些夜里我也曾发着高热，喝着大碗神曲汁，但是亿万的发光的生命，使我忘记了身体的燃烧。从星球的生命中，我更了解了"存在界"的意义。你告诉我许多关于星球的事，让我知道你怎样由宇宙问题的探讨，而构成了你的生活哲学。

白天你又从外面那些浮着绿萍的水沼、水潭里带回来一杯、一瓶的污水，于是在你的书桌上，显微镜下面展开了一滴水中的世界，使我看见无数的原生动物的活动与死亡。

在你这里我看见了那无穷大的世界，在你这里我也看见了那无穷小的世界。我知道人并不是宇宙的骄子，我知道生命无处不在，我知道生命绵延不绝。你的生活哲学影响了我的。你的待人的态度也改变了我的。倘使我今天从我的生活中完全抽去了你的影响，则我将成为一个忘恩的人而辜负了死友的期望了。

你不是一个空谈家，也不是一个发号施令的英雄。在武庙凉台上的夜谈中你就显露了你的真实面目。谦逊，大量，勤勉，刻苦，这都是你的特点。你不是一个充满夺目光彩的豪士，也不是一个口如悬河的辩才。你是用诚挚，用理智，用坚信，用恒心来感动人的。别人把崇高的理想用来做成自己头顶上的圆光的时候，你却默默地在打算怎样为它工作，为它牺牲。所以你牺牲了健康，牺牲了家庭幸福，将自己的心血作为燃料，供给那理想多放一点光辉，却少有人知道你的名字，或者还有些不做一事的人随意用轻蔑的态度抹煞了你的工作。

的确在生前你是常常被人误解的。有人把你看作一个神经质的肺病患者，有人把你视为一个虚伪的道学家，还有人以为你只是一个被生活担子压得透不过气来的读书人。有好多次有些狂妄的，或者还带有中伤意味的话点燃了我的怒火，我愤慨地、热烈地争辩，我甚至愿意挖出我的心，只为了使友人能够更明白地了解你。我这争辩自然是没有用处的，我的话并不曾给你的面影增加光彩。后来还是你自己用你的笔、你的唇舌、你的工作精神、你的生活态度把许多颗年轻的心拉到你的身边，还是你自己用这些把别人投掷在你的面影上的污泥洗去，是你自己拨开了那些空谈家的烟雾，直立在人们的面前，不像一个病人，却像一个战士，一个被称为"生命的象征"的战士。（一个朋友称你作"生命的象征"，她这话的确不错。）

诚然十二年前我就知道你是一个肺病患者，而且我们也想得到有一天你终于会死在这个不治之症上。但是和你在一起时我却始终忘记你是一个病人。你的思想、你的言语和你的行为都不带丝毫的病态。人从你的身上看不到一点犹疑，一丝悲观，一毫畏怯。你不寻求休息，却渴望工作。你在各处散布生命，你应该是一个散播生命种子的人。十几年前你写过歌颂战士的文章，到临死你还写出了《生之欢乐》。你最后留下遗言，望年轻人爱真理向前努力。

在《战士颂》中你坦白地说过："我激荡在这绵绵不息、滂沱四方的生命洪流中，我就应该追逐这洪流，而且追过它，自己去制造更广、更深的洪流。我如果是一盏灯，这灯的用处便是照彻那多量的黑暗。我如果是海潮，便要鼓起波涛去洗涤海边一切陈腐的积物。"

在《生之欢乐》的开端,你更显明地承认:"有人把人生当作秕糠,我却以为它是谷粒。有人把人生视同幻梦,我却以为它是实在。有人把人生作为苦药,我却以为它是欢乐。有许多人以人生为苦恼、黑暗、艰难、乏味、滞钝、不自由、憎恨、丑恶、柔弱的象征,我却认为人生是爱、美、光明、自由、活泼、有为、创造、进步的本身。"

你还勇敢地叫喊:"人生的美、爱、力量,都是从奋斗中创造出来的。所以人不是环境的奴隶,而是环境的主人……从奋斗的人格中,我们窥见生之光明,生之进步,生之有为,生之自由。……人生的解释受了积极思想的指导,人将为自由,为光明,为爱,为美,为创造,为进步而生,因此人将与压迫、黑暗、暴行、丑恶搏斗。燧石因相击而生火,人则由奋斗而尝到生之欢乐。"

我从未听见过像这么美丽的洋溢着生命的战歌!在朋友中就只有你一个人是这么热情地在各处散布生命,鼓舞希望!在一个孩子的纪念册上你写着:"希望是人生所需要的,人如没有希望,何异江河涸了流水。"你这条江一生就没有涸过流水。不但这样,而且你这条江更投入在"那个人类生活的大海里",用你自己的话,"在大海里你得到了伟大的生命力,发见了不灭的希望",的确一直到死,你没有失掉希望。

你和我都曾歌颂过战士,我们的战士所用的武器,不是枪和刀,却是知识、信仰和自己的意志。他把自己的意志锻炼成比枪刀更锋利、更坚实、更耐久的东西。他永远追求光明。他并不躺在晴空下面享受阳光,他却在暗夜里燃起火炬给人们照亮道路。对于他,生活便是不停的战斗。他不是取得光明而生存,便是带着满身伤痕而死去。你正是这类战士的一个典型,你从不知道灰心与绝望,你永没有失去青春的活力。

"除非他死,人不能使他放弃工作。"这是我称誉战士的话。你确实做到了这个地步。甚至在你的最后两年间,你的肺病已经进入第三期,你受着那么大的肉体痛苦的折磨,在死的黑影的威胁下,你还实践了你那"以有限的余生,为社会文化、思想运动作最后努力"的约言,完成了《科学与人生》、《达尔文》、《科学方法精华》三部译著。这许多万字,都应该是在"胸部剧痛"和"咳嗽厉害"中写成的。最后躺在死床上,你还努力写着你那篇题作《理想社会》的文章。可见一直到死都是些什么事情牵系住你的心。

十几年来你努力跟死挣扎,你几次征服了死,最后终于给死捉了去。这应该是一个悲剧。但是想到你怎样在死的威胁下努力工作,又以怎样的心情去接受死,我觉得这是一个壮观。一个朋友说,临死的你比任何强健的友人"都更富于生命力"!另一个青年友人却因为你以濒死之躯竟能够如此平静地保持着"坚决的信心和旷达的态度"而感到惭愧。一个温柔的女性的心灵曾经感动地为你写下这样的赞辞:"透过那为病菌磨枯了的身体,我望见了一个比谁都富于生命的欣欣向荣的灵魂!永远不绝望,永远在求生——为工作而生。"我应该给她添上几句:而且像一个播种的农夫,永远在散播生命的种子。你以一种超人的力量平静地吞食了那一切难忍的病痛,将它们化作生命的甘泉而吐出来。难道世间还有比这更强健的人?还有比这更美丽的生命的表现?

自然在你一生中,经济的压迫与生活的负担很少放松过你。要是换上一个环境,你也许至今还在美国的实验室里度着岁月。你也并不是没有"向上爬"的机会。对你的生活有决定影响的更不是经济的压迫。你为了理想才选取现在走的这条路,而且也是为了理想才选取了过去所走过的路。甘愿过着贫苦生活，默默地埋头工作，在绝望的情形下苦苦地支持着你的教育事业，把忌恨和责难全引到自己的身上，一直到用尽了自己的力量，使事情告一个段落，才又默默地卸下两肩的责任，去到另一个地方开始接受新的工作。倘若单是为了个人的生活，你不会让工作把你的身体磨到这样；倘若单是为了个人的生活，你又不会有那么坚强、充实的精力，在患病垂危的最后二年间还做出那样多的事情。

通过了你的一生，你始终把握着战士的武器。你的一生就是意志征服环境的一个最有力的表现，你做了许多在你的处境里似乎是不可能的事情。你在艰苦的环境中锻炼自己，创造自己，只为了来完成更大的工作。你终于留下不少的成绩和不小的影响而去了。你的死使我想到了法国大革命时期的启蒙学者龚多塞，他在服毒以前安静地写下了遗言："科学要征服死。"我又想起一个躺在战场上的兵，他看见自己的战胜的旗帜在敌人的阵地上飘扬，才安然闭上燃烧的眼睛。

看了这样辉煌的战绩以后，你对自己的死应该没有遗憾了。你是完成了你的任务以后才倒下的。而我们呢？作为你的朋友的我们，至少我是没有理由来哀悼你的。失去了这个散布生命的人，失去这个"生命的象征"，像这样一个生命的壮观如今竟然在我们的面前永久消去，我们应该感到何等的寂寞。我们应该为这个巨大的损失悲痛。

在这里我不敢提说到个人的私谊，这几年来我已经失掉不少能够了解我、鼓舞我、督责我、安慰我、帮助我的友人，如今又失去这个不可少的你！十二年来的关切、鼓励、期望、扶助（我永不能忘记"八一三"以后两个月你汇款给我的事，那时你自己也是相当困苦的），现在都成了一阵烟，一阵雾。我在成都得到你的死讯，回来读到你生前寄出的告别信。我读了开头的几句："无论属于公的或属于私的，我有千言万语需要对你说，但我无从说起。"我只有伏在书桌上淌泪，范兄，我不是在为你流泪，我是在哭我自己。

在你的告别信里还有两段我不能卒读的话，我不知道你是怎样把它们写下来的，你甚至带点残酷地说：

  自去年冬至节以后，忽然变成终日喘哮不绝，且痰塞喉间，乎卢乎卢作响，咽喉剧痛，声音全部哑失。现由中西医诊断，谓阴历十二月一个月为生死关键。

  最近几个月来我已受够了病的痛苦，因为喉痛，连鲜牛乳、鸡汁都不能自由地吃。四肢和身躯已成枯柴，仅剩了骨和不光泽的皮。我已不能自己穿衣，不能自己研墨执笔，我的身体可说完全失了自由。

在我们这些活着的友人中间有谁受过这样痛苦的病的折磨？又有谁能够忍受这一切而勇敢地一直工作到死？更有谁在自己就要失去生命的时候还能够那么热情地到处散布生命，写出洋溢着生命的歌颂生之欢乐的文章？倘然有一天我也到了你这样的境地，我不知道自己是否可以保持着你的十分之一的勇敢和热情，像一个战士那样屹立在人世的波涛中间？我更担心自己是否还可以像你那么宁静，那么英勇地去迎接死？

今天仍旧在这间堆满家具和书报的宽大楼房里，窗外街中响着喧嚣的汽车声，尘土和炎热不断地落到我的头上，身上，手上和纸上。时间已是开篇所谓"昨夜"后的第四天了，我的高热刚刚退尽。这几天里我不能够做别的事情，我就只想到你，我善良仁厚的亡友。你现在永远地离开我们了。一直到最后你还给我们留下一个战士的榜样，你还指示我们一个充实的生命的例子，你对自己，对朋友都可以说是毫无遗憾的。正如我在前面说的那样，你是尽了你的战士的任务躺下了，你把这广大的世界和这么多待做的工作留给我们。继续你的遗志前进，这正是作为你的友人的我们的责任。范兄！你静静地安息罢，我不能再辜负你的殷切的期望了。

　　从炎热的下午到了阴雨的深夜，雨洗去了闷热，但也给我带来寂寞。而且这是带点悲凉味的寂寞。一切都睡去了，除了狗吠和蛙鸣。十二年的友情又来折磨我的心。我从凌乱的书桌上，拿起你的信函，你那垂死的手写出来的有力的字迹，正在诉说十二年中间两个友人的故事。武庙中第一次的握手，也就是同样的写这信的手和拿这信的手罢，那么这应该是我们的最后一次的握手了。这样的告别，这是多么可悲痛的告别啊！

　　但是望着眼前你的活跃的字迹，我能够相信你已经离开了我们这个世界么？

　　凉风从窗外吹入，我伸出头去望天空，雨天自然没有星光，但是我的眼前并不是一片黑暗。我想起了一颗死去的星。星早已不存在于宇宙间了，但是它的光芒在若干年后才达到地球，而且照耀在地球上。范兄，你就是这样的一颗星，你的光现在还亮在我的眼前，它在给我照路！

1941年6月17日夜在重庆沙坪坝

> 巴金以与民族共忏悔的彻底求真精神，以病残之躯写下了五部散文集《随想录》，把自己的人生积淀、深刻思索，以及坦诚、智慧和品格都熔铸于笔端。本文就是其中的一篇。

怀念萧珊
——随想录五

一

今天是萧珊逝世的六周年纪念日。六年前的光景还非常鲜明地出现在我的眼前。那一天我从火葬场回到家中，一切都是乱糟糟的，过了两三天我渐渐地安静下来了，一个人坐在书桌前，想写一篇纪念她的文章。在五十年前我就有了这样一种习惯：有感情无处倾吐时我经常求助于纸笔。可是一九七二年八月里那几天，我每天坐三四个小时望着面前摊开的稿纸，却写不出一句话。我痛苦地想，难道给关了几年的"牛棚"，真的就变成"牛"了？头上仿佛压了一块大石头，思想好像冻结了一样。我索性放下笔，什么也不写了。

六年过去了。林彪、"四人帮"及其爪牙们的确把我搞得很"狼狈"，但我还是活下来了，而且偏偏活得比较健康，脑子也并不糊涂，有时还可以写一两篇文章。最近我经常去火葬场，参加老朋友们的骨灰安放仪式。在大厅里，我想起许多事情。同样地奏着哀乐，我的思想却从挤满了人的大厅转到只有二三十个人的中厅里去了，我们正在用哭声向萧珊的遗体告别。我记起了《家》里面觉新说过的一句话："好像珏死了，也是一个不祥的鬼。"四十七年前我写这句话的时候，怎么想得到我是在写自己！我没有流眼泪，可是我觉得有无数锋利的指甲在搔我的心。我站在死者遗体旁边，望着那张惨白色的脸，那两片咽下千言万语的嘴唇，我咬紧牙齿，在心里唤着死者的名字。我想，我比她大十三岁，为什么不让我先死？我想，这是多么不公平！她究竟犯了什么罪？她也给关进"牛棚"，挂上"牛鬼蛇神"的小纸牌，还扫过马路。究竟为什么？理由很简单，她是我的妻子。她患了病，得不到治疗，也因为她是我的妻子。想尽办法一直到逝世前三个星期，靠开后门她才住进医院。但是癌细胞已经扩散，肠癌变成了肝癌。

她不想死，她要活，她愿意改造思想，她愿意看到社会主义建成。这个愿望总不能说是痴心妄想吧。她本来可以活下去，倘使她不是"黑老K"的"臭婆娘"。一句话，是我连累了她，是我害了她。

在我靠边的几年中间，我所受到的精神折磨她也同样受到。但是我并未挨过打，她却挨了"北京来的红卫兵"的铜头皮带，留在她左眼上的黑圈好几天以后才褪尽。她挨打只是为了保护我，她看见那些年轻人深夜闯进来，害怕他们把我揪走，便溜出大门，到对面派出所去，请民警同志出来干预。那里只有一个人值班，不敢管。当着民警的面，她被他们用铜头皮带狠狠抽了一下，给押了回来，同我一起关在马桶间里。

她不仅分担了我的痛苦，还给了我不少的安慰和鼓励。在

"四害"横行的时候,我在原单位(中国作家协会上海分会)给人当作"罪人"和"贱民"看待,日子十分难过,有时到晚上九十点钟才能回家。我进了门看到她的面容,满脑子的乌云都消散了。我有什么委屈、牢骚,都可以向她尽情倾吐。有一个时期我和她每晚临睡前要服两粒眠尔通才能够闭眼,可是天刚刚发白就都醒了。我唤她,她也唤我。我诉苦般地说:"日子难过啊!"她也用同样的声音回答:"日子难过啊!"但是她马上加一句:"要坚持下去。"或者再加一句:"坚持就是胜利。"我说"日子难过",因为在那一段时间里,我每天在"牛棚"里面劳动、学习、写交代、写检查、写思想汇报。任何人都可以责骂我、教训我、指挥我。从外地到"作协分会"来串连的人可以随意点名叫我出去"示众",还要自报罪行。上下班不限时间,由管理"牛棚"的"监督组"随意决定。任何人都可以闯进我家里来,高兴拿什么就拿走什么。这个时候大规模的群众性批斗和电视批斗大会还没有开始,但已经越来越逼近了。

她说"日子难过",因为她给两次揪到机关,靠边劳动,后来也常常参加陪斗。在淮海中路"大批判专栏"上张贴着批判我的罪行的大字报,我一家人的名字都给写出来"示众",不用说"臭婆娘"的大名占着显著的地位。这些文字像虫子一样咬痛她的心。她让上海戏剧学院"狂妄派"学生突然袭击、揪到"作协分会"去的时候,在我家大门上还贴了一张揭露她的所谓罪行的大字报。幸好当天夜里我儿子把它撕毁。否则这一张大字报就会要了她的命!

人们的白眼,人们的冷嘲热骂蚕蚀着她的身心。我看出来她的健康逐渐遭到损害。表面上的平静是虚假的。内心的痛苦像一锅煮沸的水,她怎么能遮盖住!怎么能使它平静!她不断地给我

回忆与怀念

安慰，对我表示信任，替我感到不平。然而她看到我的问题一天天地变得严重，上面对我的压力一天天地增加，她又非常担心。有时同我一起上班或者下班，走近巨鹿路口，快到"作协分会"，或者走近湖南路口，快到我们家，她总是抬不起头。我理解她，同情她，也非常担心她经受不起沉重的打击。我记得有一天到了平常下班的时间，我们没有受到留难，回到家里她比较高兴，到厨房去烧菜。我翻看当天的报纸，在第三版上看到当时做了"作协分会"的"头头"的两个工人作家写的文章《彻底揭露巴金的反革命真面目》。真是当头一棒！我看了两三行，连忙把报纸藏起来，我害怕让她看见。她端着烧好的菜出来，脸上还带笑容，吃饭时她有说有笑。饭后她要看报，我企图把她的注意力引到别处。但是没有用，她找到了报纸。她的笑容一下子完全消失。这一夜她再没有讲话，早早地进了房间。我后来发现她躺在床上小声哭着。一个安静的夜晚给破坏了。今天回想当时的情景，她那张满是泪痕的脸还在我的眼前。我多么愿意让她的泪痕消失，笑容在她那憔悴的脸上重现，即使减少我几年的生命来换取我们家庭生活中一个宁静的夜晚，我也心甘情愿！

> 本段描述了巴金在"文革"期间与妻子萧珊的一些生活片段，及他们当时的内心世界。从心理描写中可以看出巴金对萧珊深深的愧疚之情及夫妻俩共同承受的社会压力之大。虽有压力，但两人互相扶持，恩爱有加。这能化解很多不愉快。

二

我听周信芳同志的媳妇说，周的夫人在逝世前经常被打手们拉出去当作皮球推来推去，打得遍体鳞伤。有人劝她躲开，她说："我躲开，他们就要这样对付周先生了。"萧珊并未受到这种新式体罚。可是她在精神上给别人当皮球打来打去。她也有这样的想法：她多受一点精神折磨，可以减轻对我的压力。其实这是她一片痴心，结果只苦了她自己。我看见她一天天地憔悴下去，我看见她的生命之火逐渐熄灭，我多么痛心。我劝她，安慰她，我想拉住她，一点也没有用。

她常常问我："你的问题什么时候才解决呢？"我苦笑地说："总有一天会解决的。"她叹口气说："我恐怕等不到那个时候了。"后来她病倒了，有人劝她打电话找我回家，她不知从哪里得来的消息，她说："他在写检查，不要打岔他。他的问题大概可以解决了。"等到我从"五七干校"回家休假，她已经不能起床。她还问我检查写得怎样，问题是否可以解决。我当时的确在写检查，而且已经写了好几次了。他们要我写，只是为了消耗我的生命。但她怎么能理解呢？

这时离她逝世不过两个多月，癌细胞已经扩散，可是我们不知道，想找医生给她认真检查一次，也毫无办法。平日去医院挂号看门诊，等了许久才见到医生或者实习医生，随便给开个药方就算解决问题。只有在发烧到三十九摄氏度才有资格挂急诊号，或者还可以在病人拥挤的观察室里待上一天半天。当时去医院看病找交通工具也很困难，常常是我女婿借了自行车来，让她坐在车上，他慢慢地推着走。有一次她雇到小三轮卡去看病，看好门诊回家雇不到车了，只好同陪她看病的朋友一起慢慢地走回来，走走停停，走到街口，她快要倒下了，只得请求行人到我们家通知。她一个表侄正好来探病，就由他去把她背了回家。她希望拍一张X光片子查一查肠子有什么病，但是办不到。后来靠了她一位亲戚帮忙开后门两次拍片，才查出她患肠癌。以后又靠朋友设法开后门住进了医院。她自己还很高兴，以为得救了。只有她一个人不知真实的病情，她在医院里只活了三个星期。

我休假回家假期满了，我又请过两次假，留在家里照料病人。最多也不到一个月。我看见她病情日趋严重，实在不愿意把她丢开不管，我要求延长假期的时候，我们那个单位的一个"工宣队"头头逼着我第二天就回干校去。我回到家里，她问起来，我无法隐瞒。她叹了一口气，说："你放心去吧。"她把脸掉过去，不让我看她。我女儿、女婿看到这种情景，自告奋勇跑到巨鹿路向那个"工宣队"头头解释，希望同意我在市区多留些日子照料病人。可是那个头头"执法如山"，还说：他不是医生，留在家里，有什么用！"留在家里对他改造不利！"他们气愤地回到家中，只说机关不同意，后来才对我传达了这句"名言"。我还能讲什么呢？明天回干校去！

整个晚上她睡不好，我更睡不好。出乎意外，第二天一早我那个插队落户的儿子在我们房间里出现了，他是昨天半夜里到的。他得到了家信，请假回家看母亲，却没有想到母亲病成这样。我见了他一面，把他母亲交给他，就回干校去了。

在车上我的情绪很不好。我实在想不通为什么会有这样的事情。我在干校待了五天，无法同家里通消息。我已经猜到她的病不轻了。可是人们不让我过问她的事情。这五天是多么难熬的日子！到第五天晚上在干校的造反派头头通知我们全体第二天一早回市区开会。这样我才又回到了家，见到我的爱人。靠了朋友帮忙，她可以住进中山医院肝癌病房，一切都准备好，她第二天就要住院了。她多么希望住院前见我一面，我终于回来了。连我也没有想到她的病情发展得这么快。我们见了面，我一句话也讲不出来。她说了一句："我到底住院了。"我答说："你安心治疗吧。"她父亲也来看她，老人家双目失明，去医院探病有困难，可能是来同他的女儿告别了。

我吃过中饭，就去参加给别人戴上反革命帽子的大会，受批判、戴帽子的人不止一个，在会场里我一直像在做怪梦。开完会回家，见到萧珊我感到格外亲切，仿佛重回人间。可是她不舒服，不想讲话，偶尔讲一句半句。我还记得她讲了两次："我看不到了。"我连声问她看不到什么。她后来才说："看不到你解放了。"我还能再讲什么呢？

我儿子在旁边，垂头丧气，精神不好，晚饭只吃了半碗，像是患感冒。她忽然指着他小声说："他怎么办呢？"他当时在安徽山区农村已经待了三年半，政治上没有人管，生活上不能养活自己，而且因为是我的儿子，给剥夺了好些公民权利。他先学会沉默，后来又学会抽烟。我怀着内疚的心情看看他。我后悔当初不该写小说，更不该生儿育女。我还记得前两年在痛苦难熬的时候她对我说："孩子们说爸爸做了坏事，害了我们大家。"这好像用刀子在割我身上的肉。我没有出声，我把泪水全吞在肚里。她睡了一觉醒过来忽然问我："你明天不去了？"我说："不去了。"就是那个"工宣队"头头今天通知我不用再去干校就留在市区。他还问我："你知道萧珊是什么病？"我答说："知道。"其实家里瞒住我，不给我知道真相，我还是从他这句问话里猜到的。

三

第二天早晨她动身去医院,一个朋友和我女儿、女婿陪她去。她穿好衣服等候车来。她显得急躁,又有些留恋,东张张西望望,她也许在想是不是能再看到这里的一切。我送走她,心上反而加了一块大石头。

将近二十天里,我每天去医院陪伴她大半天。我照料她,我坐在病床前守着她,同她短短地谈几句话。她的病情恶化,一天天衰弱下去,肚子却一天天大起来,行动越来越不方便。当时病房里没有人照料,生活方面除饮食外一切都必须自理。后来听同病房的人称赞她"坚强",说她每天早晚都默默地挣扎着下了床,走到厕所。医生对我们谈起,病人的身体经不住手术,最怕的是她的肠子堵塞,要是不堵塞,还可以拖延一个时期。她住院后的半个月是一九六六年八月以来我既感痛苦又感到幸福的一段时间,是我和她在一起度过的最后的平静的时刻,我今天还不能将它忘记。但是半个月以后,她的病情又有了发展,一天吃中饭的时候,医生通知我儿子找我去谈话。他告诉我:病人的肠子给堵住了,必须开刀。开刀不一定有把握,也许中途出毛病。但是不开刀,后果更不堪设想。他要我决定,并且要我劝她同意。我做了决定,就去病房对她解释。我讲完话,她只说了一句:"看来,我们要分别了。"她望着我,眼睛里全是泪水。我说:"不会的……"我的声音哑了。接着护士长来安慰她,对她说:"我陪你,不要紧的。"她回答:"你陪我就好。"时间很紧迫,医生、护士们很快做好了准备,她给送进手术室去了,是她的表侄把她推到手术室门口的。我们就在外面廊上等了好几个小时,等到她平安地给送出来，由儿子把她推回到病房去。儿子还在她的身边守过一个夜晚。过两天他也病倒了，查出来他患肝炎，是从安徽农村带回来的。本来我们想瞒住他的母亲，可是无意间让他母亲知道了。她不断地问："儿子怎么样？"我自己也不知道儿子怎么样，我怎么能使她放心呢？晚上回到家，走进空空的、静静的房间，我几乎要叫出声来："一切都朝我的头打下来吧，让所有的灾祸都来吧。我受得住！"

我应当感谢那位热心而又善良的护士长，她同情我的处境，要我把儿子的事情完全交给她办。她做好安排，陪他看病、检查，让他很快住进别处的隔离病房，得到及时的治疗和护理。他在隔离病房里苦苦地等候母亲病情的好转。母亲躺在病床上，只能有气无力地说几句短短的话，她经常问："棠棠怎么样？"从她那双含泪的眼睛里我明白她多么想看见她最爱的儿子。但是她已经没有精力多想了。

她每天给输血，打盐水针。她看见我去就断断续续地问我："输多少cc的血？该怎么办？"我安慰她："你只管放心。没有问题，治病要紧。"她不止一次地说："你辛苦了。"我有什么苦呢？我能够为我最亲爱的人做事情，哪怕做一件小事，我也高兴！后来她的身体更不行了。医生给她输氧气，鼻子里整天插着管子。她几次要求拿开，这说明她感到难受，但是听了我们的劝告，她终于忍受下去了。开刀以后她只活了五天。谁也想不到她会去得这么快！五天中间我整天守在病床前，默默地望着她在受苦（我是设身处地感觉到这样的），可是她除了两三次要求搬开床前巨大的氧气筒，三四次表示担心输血较多付不出医药费之外，并没有抱怨过什么。见到熟人她常有这样一种表情：请原谅我麻烦了你们。她非常安静，但并未昏睡，始终睁大两只眼睛。眼睛很大，很美，很亮。我望着，望着，好像在望快要燃尽的烛火。我多么想让这对眼睛永远亮下去！我多么害怕她离开我！我甚至愿意为我那十四卷"邪书"受到千刀万剐，只求她能安静地活下去。

不久前我重读梅林写的《马克思传》，书中引用了马克思给女儿的信里的一段话，讲到马克思夫人的死。信上说："她很快就咽了气。……这个病具有一种逐渐虚脱的性质，就像由于衰老所致一样。甚至在最后几小时也没有临终的挣扎，而是慢慢地沉入睡乡。她的眼睛比任何时候都更大、更美、更亮！"这段话我记得很清楚。马克思夫人也死于癌症。我默默地望着萧珊那对很大、很美、很亮的眼睛，我想起这段话，稍微得到一点安慰。听说她的确也"没有临终的挣扎"，也是"慢慢地沉入睡乡"。我这样说，因为她离开这个世界的时候，我不在她的身边。那天是星期天，卫生防疫站因为我们家发现了肝炎病人，派人上午来做消毒工作。她的表妹有空愿意到医院去照料她，讲好我们吃过中饭就去接替。没有想到我们刚刚端起饭碗，就得到传呼电话，通知我女儿去医院，说是她妈妈"不行"了。真是晴天霹雳！我和我女儿、女婿赶到医院。她那张病床上连床垫也给拿走了。别人告诉我她在太平间。我们又下了楼赶到那里，在门口遇见表

> 冷静的白描，朴素的用词，作者的愧疚、痛苦和无可奈何的深沉痛惜之情溢于言表。
>
> 对她临终前那双"很大，很美，很亮"的眼睛的着意描写，真情流淌，动人心弦，赢得读者与作者"同声一哭"的审美效应。

> 最后的告别，人间最悲苦的惨剧，用如此简洁的笔触叙写出来，却又如此感人。
>
> 这种寓深沉于平淡，注炽热于静穆，倾真情于笔端的写法，正是本文的魅力和作者的功力所在。

妹。还是她找人帮忙把"咽了气"的病人抬进来的。死者还不曾给放进铁匣子里送进冷库，她躺在担架上，但已经给白布床单包得紧紧的，看不到面容了。我只看到她的名字。我弯下身子，把地上那个还有点人形的白布包拍了好几下，一面哭着唤她的名字。不过几分钟的时间。这算是什么告别呢？

据表妹说，她逝世的时刻，表妹也不知道。她曾经对表妹说："找医生来。"医生来过，并没有什么。后来她就渐渐地"沉入睡乡"。表妹还以为她在睡眠。一个护士来打针，才发觉她的心脏已经停止跳动了。我没有能同她诀别，我有许多话没有能向她倾吐，她不能没有留下一句遗言就离开我！我后来常常想，她对表妹说："找医生来。"很可能不是"找医生"，是"找李先生"（她平日这样称呼我）。为什么那天上午偏偏我不在病房呢？家里人都不在她身边，她死得这样凄凉！

我女婿马上打电话给我们仅有的几个亲戚。她的弟媳赶到医院，马上晕了过去。三天以后在龙华火葬场举行告别仪式。她的朋友一个也没有来，因为一则我们没有通知，二则我是一个审查了将近七年的对象。没有悼词，没有吊客，只有一片伤心的哭声。我衷心感谢前来参加仪式的少数亲友和特地来帮忙的我女儿的两三个同学，最后，我跟她的遗体告别，女儿望着遗容哀哭，儿子在隔离病房还不知道把他当作命根子的妈妈已经死亡。值得提说的是她当作自己儿子照顾了好些年的一位亡友的男孩从北京赶来，只为了看见她的最后一面。这个整天同钢铁打交道的技术员，他的心倒不像钢铁那样。他得到电报以后，他爱人对他说："你去吧，你不去一趟，你的心永远安定不了。"我在变了形的她的遗体旁边站了一会。别人给我和她照了像。我痛苦地想：这是最后一次了，即使给我们留下来很难看的形象，我也要珍视这个镜头。

一切都结束了。过了几天我和女儿、女婿到火葬场，领到了她的骨灰盒。在存放室寄存了三年之后，我按期把骨灰盒接回家里。有人劝我把她的骨灰安葬，我宁愿让骨灰盒放在我的寝室里，我感到她仍然和我在一起。

四

梦魇一般的日子终于过去了。六年仿佛一瞬间似的远远地落在后面了。其实哪里是一瞬间！这段时间里有多少流着血和泪的日子啊。不仅是六年，从我开始写这篇短文到现在又过去了半年，半年中我经常在火葬场的大厅里默哀，行礼，为了纪念给"四人帮"迫害致死的朋友。想到他们不能把个人的智慧和才华献给社会主义祖国，我万分惋惜。每次戴上黑纱、插上纸花的同时，我也想起我自己最亲爱的朋友，一个普通的文艺爱好者，一个成绩不大的翻译工作者，一个心地善良的人。她是我的生命的一部分，她的骨灰里有我的泪和血。

她是我的一个读者。一九三六年我在上海第一次同她见面。一九三八年和一九四一年我们两次在桂林像朋友似的住在一起。

一九四四年我们在贵阳结婚。我认识她的时候，她还不到二十，对她的成长我应当负很大的责任。她读了我的小说，给我写信，后来见到了我，对我发生了感情。她在中学念书，看见我以前，因为参加学生运动被学校开除，回到家乡住了一个短时期，又出来进另一所学校。倘使不是为了我，她一九三七、一九三八年一定去了延安。她同我谈了八年的恋爱，后来到贵阳旅行结婚，只印发了一个通知，没有摆过一桌酒席。从贵阳我和她先后到了重庆，住在民国路文化生活出版社门市部楼梯下七八个平方米的小屋里。她托人买了四只玻璃杯开始组织我们的小家庭。她陪着我经历了各种艰苦生活。在抗日战争紧张的时期，我们一起在日军进城以前十多个小时逃离广州，我们从广东到广西，从昆明到桂林，从金华到温州，我们分散了，又重见，相见后又别离。在我那两册《旅途通讯》中就有一部分这种生活的记录。四十年前有一位朋友批评我："这算什么文章！"我的《文集》出版后，另一位朋友认为我不应当把它们也收进去。他们都有道理，两年来我对朋友、对读者讲过不止一次，我决定不让《文集》重版。但是为我自己，我要经常翻看那两小册《通讯》。在那些年代，每当我落在困苦的境地里、朋友们各奔前程的时候，她总是亲切地在我的耳边说："不要难过，我不会离

> 两人的感情之路非同寻常，从读者到妻子，萧珊的角色发生了相当大的变化。共同经历的磨难是他们感情最好的见证。这段描写也体现了巴金对妻子的感激、怀念和深深的爱。

开你,我在你的身边。"的确,只有在她最后一次进手术室之前她才说过这样一句:"我们要分别了。"

我同她一起生活了三十多年。但是我并没有好好地帮助过她。她比我有才华,却缺乏刻苦钻研的精神。我很喜欢她翻译的普希金和屠格涅夫的小说。虽然译文并不恰当,也不是普希金和屠格涅夫的风格,它们却是有创造性的文学作品,阅读它们对我是一种享受。她想改变自己的生活,不愿做家庭妇女,却又缺少吃苦耐劳的勇气。她听一个朋友的劝告,得到后来也是给"四人帮"迫害死的叶以群同志的同意,到《上海文学》"义务劳动",也做了一点点工作,然而在运动中却受到批判,说她专门向老作家组稿,又说她是我派去的"坐探"。她为了改造思想,想走捷径,要求参加"四清"运动,找人推荐到某铜厂的工作组工作,工作相当忙碌、紧张,她却精神愉快。但是到我快要靠边的时候,她也被叫回"作协分会"参加运动。她第一次参加这种急风暴雨般的斗争,而且是以反动权威家属的身份参加,她不知道该怎么办才好。她张皇失措,坐立不安,替我担心,又为儿女的前途忧虑。她盼望什么人向她伸出援助的手,可是朋友们离开了她,"同事们"拿她当作箭靶,还有人想通过整她来整我。她不是"作协分会"或者刊物的正式工作人员,可是仍然被"勒令"靠边劳动、站队挂牌,放回家以后,又给揪到机关。过一个时期,她写了认罪的检查,第二次给放回家的时候,我们机关的造反派头头却通知里弄委员会罚她扫街。她怕人看见,每天大清早起来,拿着扫帚出门,扫得精疲力竭,才回到家里,关上大门,吐了一口气。但有时她还碰到上学去的小孩,对她叫骂"巴金的臭婆娘"。我偶尔看见她拿着扫帚回来,不敢正眼看她,我感到负罪的心情,这是对她的一个致命的打击。不到两个月,她病倒了,以后就没有再出去扫街（我妹妹继续扫了一个时期），但是也没有完全恢复健康。尽管她还继续拖了四年，但一直到死她并不曾看到我恢复自由。这就是她的最后，然而绝不是她的结局。她的结局将和我的结局连在一起。

我绝不悲观。我要争取多活。我要为我们社会主义祖国工作到生命的最后一息。在我丧失工作能力的时候，我希望病榻上有萧珊翻译的那几本小说。等到我永远闭上眼睛，就让我的骨灰同她的掺和在一起。

1979年1月16日写完

> 作者注明写作完成时间，精确到具体的日子，足见慎重；亦可知本文写作时间之长和作者心情之沉痛。

怀念老舍同志
——随想录卅四

我在悼念中岛健藏先生的文章里提到一九七七年九月二日虹桥机场送别的事。那天上午离沪返国的,除了中岛夫妇外,还有井上靖先生和其他几位日本朋友。前一天晚上我拿到中岛、井上两位赠送的书,回到家里,十一点半上床,睡不着,翻了翻井上先生的集子《桃李记》,里面有一篇《壶》,讲到中日两位作家(老舍和广津和郎)的事情,我躺在床上读了一遍,眼前老是出现那两位熟人的面影,都是那么善良的人,尤其是老舍,他那极不公道的遭遇,他那极其悲惨的结局,我一个晚上都梦见他,他不停地说:"告诉朋友们,我没有问题。"总之,我睡得不好。第二天一早我到了宾馆陪中岛先生和夫人去机场。在机场贵宾室里我拉着一位年轻译员找井上先生谈了几句,我告诉他

老舍

读了他的《壶》。文章里转述了老舍先生讲过的《壶》的故事，①我说这样的故事我也听人讲过，只是我听到的故事结尾不同。别人对我讲的"壶"是福建人沏茶用的小茶壶。乞丐并没有摔破它，他和富翁共同占有这只壶，每天一起用它沏茶，一直到死。我说，老舍富于幽默感，所以他讲了另外一种结尾。我不知道老舍是怎样死的，但是我不相信他会抱着壶跳楼。他也不会把壶摔碎，他要把美好的珍品留在人间。

那天我们在贵宾室停留的时间很短，年轻的中国译员没有读过《壶》，不了解井上先生文章里讲些什么，无法传达我的心意。井上先生这样地回答我："我是说老舍先生抱着壶跳楼的。"意思可能是老舍无意摔破壶。可是原文的最后一句明明是"壶碎人亡"，壶还是给摔破了。

有人来通知客人上飞机，我们的交谈无法继续下去，但井上先生的激动表情给我留下深刻的印象，他告诉同行的佐藤女士："巴金先生读过《壶》了。"我当时并不理解为什么井上先生如此郑重地对佐藤女士讲话，把我读他的文章看作一件大事。然而后来我明白了，我读了水上勉先生的散文《蟋蟀罐》（1967年）和开高健先生的得奖小说《玉碎》（1979年）。日本朋友和日本作家似

---

① 下面抄一段井上的原文（吴树文译）："老舍讲的故事，内容是这样的：很久以前，中国有一个富翁，他收藏有许多古董珍品。后来他在事业上失败了，于是把收藏的古董一件件变卖，最后富翁终于落魄成为讨饭的乞丐，然而即使成了乞丐，有一只壶，他是怎么也不肯割爱的，他带着这只壶到处流浪。当时，另外有一个富翁知道了这件事，他千方百计想要获得这只壶。富翁出了很高的价钱想把壶买到手，虽经几次交涉，乞丐却坚决不脱手。就这样过了好几年，乞丐已经老态龙钟，连走路都十分困难了。富翁便给乞丐房子住，给乞丐饭吃，暗中等着乞丐死去。没多久，乞丐衰老至极，病死了。富翁高兴极了，觉得盼望已久的这一天终于来临。可是谁知道，乞丐在咽气之前，把这只壶掷到院子里，摔得粉身碎骨。"

乎比我们更重视老舍同志的悲剧的死亡，他们似乎比我们更痛惜这个巨大的损失。在国内看到怀念老舍的文章还是近两年的事。井上先生的散文写于一九七〇年十二月，那个时候老舍同志的亡灵还作为反动权威受到批斗。为老舍同志雪冤平反的骨灰安放仪式一直拖到一九七八年六月才举行，而且骨灰盒里也没有骨灰。甚至在一九七七年上半年还不见谁出来公开替死者鸣冤叫屈。我最初听到老舍同志的噩耗是在一九六六年年底，那是造反派为了威胁我们讲出来的，当时他们含糊其辞，也只能算作"小道消息"吧。以后还听见两三次，都是通过"小道"传来的，内容互相冲突，传话人自己讲不清楚，而且也不敢负责。只有在虹桥机场送别的前一两天，在衡山宾馆里，从中岛健藏先生的口中，我才第一次正式听见老舍同志的死讯，他说是中日友协的一位负责人在坦率的交谈中讲出来的。但这一次也只是解决了"死"的问题，至于怎样死法和当时的情况中岛先生并不知道。我想我将来去北京开会，总可以问个明白。听见中岛先生提到老舍同志名字的时候，我想起了一九六六年七月十日在人民大会堂同老舍见面的情景，那个上午北京市人民在人民大会堂举行支援越南人民抗美斗争的大会，我和老舍，还有中岛，都参加了大会的主席团，有些细节我已在散文《最后的时刻》中描写过了，例如老舍同志用敬爱的眼光望着周总理和陈老总，充满感情地谈起他们。那天我到达人民大会堂（不是四川厅就是湖南厅），老舍已经坐在那里同当时的北京市副市长王昆仑在谈话。看见老舍我感到意外，我到京出席亚非作家紧急会议一个多月，没有听见人提到老舍的名字，我猜想他可能出了什么事，很替他担心，现在坐在他的身旁，听他说："请告诉朋友们，我没有问题……"我真是万分高兴。过一会中岛先生也来了，看见老舍便亲切地握手，寒暄。中岛先生的眼睛突然发亮，那种意外的喜悦连在旁边的我也能体会到。我的确看到了一种衷心愉快的表情。这是中岛先生最后一次看见老舍，也是我最后一次同老舍见面，我哪里想得到一个多月以后将在北京发生的惨剧！否则我一定拉着老舍谈一个整天，劝他避开，让他在精神上有所准备。但有什么办法使他不会受骗呢？我自己后来不也是老老实实地走进"牛棚"去吗？这一切中岛先生是比较清楚的。我在一九六六年六月同他接触，就知道他有所预感，他看见我健康地活着感到意外地高兴，他意外地看见老舍活得健康，更加高兴。他的确比许多人更关心我们。我当时就感觉到他在替我们担心：什么时候会大难临头。他比我们更清醒。

可惜我没有机会同日本朋友继续谈论老舍同志的事情。他们是热爱老舍的，他们尊重这位有才华、有良心的正直、善良的作家。在他们的心上、在他们的笔下他至今仍然活着。四个多月前我第二次在虹桥机场送别井上先生，我没有再提"壶碎"的问题。我上次说老舍同志一定会把壶留下，因为他热爱祖国、热爱人民，他虽然含恨死去，却留下许多美好的东西在人间，那就是他那些不朽的作品，我单单提两三个名字就够了：《月牙儿》、《骆驼祥子》和《茶馆》。在这一点上，井上先生同我大概是一致的。

今年上半年我又看了一次《茶馆》的演出，太好了！作者那样熟悉旧社会，那样熟悉旧北京人。这是真实的生活。短短两三个钟头里，我重温了五十年的旧梦。在戏快要闭幕的时候，那三个老头儿（王老板、常四爷和秦二爷）在一起最后一次话旧，含着眼泪打哈哈，"给自己预备下点纸钱"，"祭奠祭奠自己"。我一直流着泪水，好些年没有看到这样的好戏了。这难道仅仅是在为旧社会唱挽歌吗？我觉得有人拿着扫帚在清除我心灵中的垃圾。

坦率地说，我们谁的心灵中没有封建的尘埃呢？

我出了剧场脑子里还印着常四爷的一句话："我爱咱们的国呀，可是谁爱我呢？"完全没有想到，一个熟悉的声音在追逐我。我听见了老舍同志的声音，是他在发问。这是他的遗言。我怎样回答呢？我曾经对方殷同志讲过："老舍死去，使我们活着的人惭愧……"这是我的真心话。我们不能保护一个老舍，怎样向后人交代呢？没有把老舍的死弄清楚，我们怎样向后人交代呢？一九七七年九月二日井上先生在机场上告诉同行的人我读过他的《壶》，他是在向我表示他的期望：对老舍的死不能无动于衷！但是两年过去了，我究竟做了什么事情呢？我不能不感到惭愧。重读井上靖先生的文章、水上勉先生的回忆、开高健先生的短篇小说，我也不能不责备自己。老舍是我三十年代结识的老友。他在临死前一个多月对我讲过："请告诉朋友们，我没有问题……"我做过什么事情，写过什么文章来洗刷涂在这个光辉的（是的，真正是光辉的）名字上的浊水污泥呢？

看过《茶馆》半年了，我仍然忘不了那句台词："我爱咱们的国呀，可是谁爱我呢？"老舍同志是伟大的爱国者。全国解放后，他从海外回来参加祖国社会主义建设事业，他是写作最勤奋的劳动模范，他是热烈歌颂新中国的最大的"歌德派"，一九五七年他写出他最好的作品《茶馆》。他是用艺术为政治服务最有成绩的作家。他参加各项社会活动和外事活动，可以说是把整个生命和全部精力都贡献给了祖国。他没有一点私心。甚至在红卫兵上了街，危机四伏、杀气腾腾的时候，他还拿着事先准备好的发言稿，到北京市文联开会，想以市文联主席的身份发动大家积极参加"文化大革命"，但是就在那里，他受到拳打脚踢，加上人身侮辱，自己成了"文化大革命"专政的对象。老舍夫人回忆说："我永远忘不了我自己怎样在深夜用棉花蘸着清水一点一点地替自己的亲人洗清头上、身上的斑斑血迹，不明白是哪里出了问题，不明白为什么会闹成这个样子……"

我仿佛看见满头血污包着一块白绸子的老人一声不响地躺在那里。他有多少思想在翻腾，有多少话要倾吐，他不能就这样撒手而去，他还有多少美好的东西要留下来啊！但是过了一天他就躺在太平湖的西岸，身上盖了一床破席。没有能把自己心灵中的宝贝完全贡献出来，老舍同志带着多大的遗憾闭上眼睛，这是我们想象得到的。

"为什么会闹成这个样子？"去年六月三日我在北京八宝山公墓礼堂参加老舍同志的骨灰安放仪式，低头默哀的时候，我想起了胡絜青同志的那句问话。为什么呢？从主持骨灰安放仪式的人起一直到我，大家都知道，当然也能够回答。但是已经太迟了。老舍同志离开他所热爱的新社会已经十二年了。

一年又过去了。那天我离开八宝山公墓的时候，我忽然想起一位外籍华人、一位知名的女作家的谈话，她说："中国的知识分子是很了不起的，他们是忠诚的爱国者。西方的知识分子如果受到'四人帮'时代的那些待遇，那些迫害，他们早就跑光了。可是中国的知识分子，不管你给他们准备什么条件，他们能工作时就工作。"这位女士脚迹遍天下，见闻广，她不会信口开河。老舍同志是中国知识分子最好的典型，没有能挽救他，我的确感到惭愧，也替我们那一代人感到惭愧。但我们是不是从这位伟大作家的惨死中找到什么教训呢？他的骨灰虽然不知道给抛撒到了什么地方，可是他的著作流传全世界，通过他的口叫出来的中国知识分子的心声请大家侧耳倾听吧："我爱咱们的国呀，可是谁爱我呢？"

请多一点关心他们吧，请多一点爱他们吧，不要挨到太迟了的时候。

话又说回来，虽然到今天我还没有弄明白，老舍同志的结局是自杀还是被杀，是含恨投湖还是受迫害致死，但有一点是可以肯定的：人亡壶全，他把最美好的东西留下来了。最近我在北京出席第四次全国文代会，没有看见老舍同志我感到十分寂寞。有一位好心人对我说："不要纠缠在过去吧，要向前看，往前跑啊！"我感谢他的劝告，我也愿意听从他的劝告。但是我没有办法使自己赶快变成《未来世界》中的"三百型机器人"，那种机器人除了朝前走外，什么都看不见。很可惜，"四人帮"开动了他们的全部机器改造我十年，却始终不曾把我改造成机器人。过去的事我偏偏记得很牢。

老舍同志在世的时候，我每次到北京开会，总要去看他，谈了一会，他照例说："我们出去吃个小馆吧。"他们夫妇便带我到东安市场里一家他们熟悉的饭馆，边吃边谈，愉快地过一两个钟头。我不相信鬼，我也不相信神，但我却希望真有一个所谓"阴间"，在那里我可以看到许多我所爱的人。倘使我有一天真的见到了老舍，他约我去吃小馆，向我问起一些情况，我怎么回答他呢？……我想起了他那句"遗言"："我爱咱们的国呀，可是谁爱我呢？"我会紧紧捏住他的手，对他说："我们都爱你，没有人会忘记你，你要在中国人民中间永远地活下去！"

1979年12月15日

怀念从文

一

今年五月十日从文离开人世，我得到他夫人张兆和的电报后想起许多事情，总觉得他还同我在一起，或者聊天，或者辩论，他那温和的笑容一直在我眼前，隔一天我才发出回电："病中惊悉从文逝世，十分悲痛。文艺界失去一位杰出的作家，我失去一位正直善良的朋友，他留下的精神财富不会消失。我们三十、四十年代相聚的情景还历历在目。小林因事赴京，她将代我在亡友灵前敬献花圈，表达我感激之情。我永远忘不了你们一家。请保重。"都是些极普通的话。没有一滴眼泪，悲痛却在我的心里，我也在埋葬自己的一部分。那些充满信心的欢聚的日子，那些奋笔和辩论的日子都不会回来了。这些年我们先后遭逢了不同的灾祸，在泥泞中挣扎，他改了行，在长时间的沉默中，取得了卓越的成就。我东奔西跑，唯唯诺诺，羡慕枝头欢叫的喜鹊，只想早日走尽自我改造的道路，得到的却是十年一梦，床头多了一盒骨灰，现在大梦初醒，却仿佛用尽全身力气，不得不躺倒休息，白白地望着远方灯火，我仍然想奔赴光明，奔赴希望。我还想求助于一些朋友，从文也是其中的一位，我真想有机会同他畅谈。这个时候突然得到他逝世的噩耗，我才明白过去那一段生活已经和亡友一起远去了，我的唁电表达的就是一个老友的真实感情。

　　一连几天我翻看上海和北京的报纸，我很想知道一点从文最后的情况。可是日报上我找不到这个敬爱的名字。后来才读到新华社郭玲春同志简短的报道，提到女儿小林代我献的花篮，我认识郭玲春，却不理解她为什么这样吝惜自己的笔墨，难道不知道这位热爱人民的善良作家的最后牵动着全世界多少读者的心？！可是连这短短的报道多数报刊也没有采用。小道消息开始在知识界中间流传。这个人究竟是好是病，是死是活，他不可能像轻烟散去，未必我得到噩耗是在梦中？！一个来探病的朋友批评我："你错怪了郭玲春，她的报道没有受到重视，可能因为领导不曾表态，人们不知道用什么规格发表讣告，刊载消息。不然大陆以外的华文报纸刊出不少悼念文章，惋惜中国文坛巨大的损失，而我们的编辑怎么能安心酣睡，仿佛不曾发生任何事情？！"

　　我并不信服这样的论断，可是对我谈论规格学的熟人不止他一个，我必须寻找论据答复他们。这个时候小林回来了，她告诉我她从未参加过这样感动人的告别仪式，她说没有达官贵人，告别的只是些亲朋好友，厅子里播放死者生前喜爱的乐曲。老人躺在那里，十分平静，仿佛在沉睡，四周几篮鲜花，几盆绿树，每个人手中拿一朵月季，走到老人跟前，行了礼，将花放在他身边过去了。没有哭泣，没有呼唤，也没有噪音惊醒他，人们就这样平静地跟他告别，他就这样坦然地远去。小林说不出这是一种什么规格的告别仪式，她只感觉到庄严和真诚。我说正是这样，他走得没有牵挂、没有遗憾，从容地消失在鲜花和绿树丛中。

二

　　一百多天过去了。我一直在想从文的事情。
　　我和从文见面在一九三二年。那时我住在环龙路我舅父家中。南京《创作月刊》的主编汪曼铎来上海组稿,一天中午请我在一家俄国西菜社吃中饭,除了我还有一位客人,就是从青岛来的沈从文。我去法国之前读过他的小说,一九二八年下半年在巴黎我几次听见胡愈之称赞他的文章,他已经发表了不少的作品。我平日讲话不多,又不善于应酬,这次我们见面谈了些什么,我现在毫无印象,只记得谈得很融洽。他住在西藏路上的一品香旅社,我同他去那里坐了一会儿,他身边有一部短篇小说集的手稿,想找个出版的地方,也需要用它换点稿费。我陪他到闸北新中国书局,见到了我认识的那位出版家,稿子卖出去了,书局马上付了稿费,小说过四五个月印了出来,就是那本《虎雏》。他当天晚上去南京,我同他在书局门口分手时,他要我到青岛去玩,说是可以住在学校的宿舍里。我本来要去北平,就推迟了行期,九月初先去青岛,只是在动身前写封短信通知他。我在他那里过得很愉快,我随便,他也随便,好像我们有几十年的交往一样。他的妹妹在山东大学念书,有时也和我们一起出去走走看看。他对妹妹很友爱,很体贴,我早就听说,他是自学出身,因此很想在妹妹的教育上多下功夫,希望她熟悉他自己想知道却并不很了解的一些知识和事情。
　　在青岛他把他那间屋子让给我,我可以安静地写文章、写信,也可以毫无拘束地在樱花林中散步。他有空就来找我,我们有话就交谈,无话便沉默。他比我讲得多些,他听说我不喜欢在公开场合讲话，便告诉我他第一次在大学讲课，课堂里坐满了学生，他走上讲台，那么多年轻的眼睛望着他，他红着脸，一句话也讲不出来，只好在黑板上写了五个字"请等五分钟"。他就是这样开始教课的。他还告诉我在这之前他每个月要卖一部稿子养家，徐志摩常常给他帮忙，后来，他写多了，卖稿有困难，徐志摩便介绍他到大学教书，起初到上海中国公学，以后才到青岛大学。当时青大的校长是小说《玉君》的作者杨振声，后来他到北平工作，还是和从文在一起。

在青岛我住了一个星期。离开的时候他知道我要去北平，就给我写了两个人的地址，他说，到北平可以去看这两个朋友，不用介绍，只提他的名字，他们就会接待我。

在北平我认识的人不多。我也去看望了从文介绍的两个人，一位姓程，一位姓夏。一位在城里工作，业务搞点翻译；一位在燕京大学教书。一年后我再到北平，还去燕大夏云的宿舍里住了十几天，写完中篇小说《电》。我只说是从文介绍，他们待我十分亲切。我们谈文学，谈得更多的是从文的事情，他们对他非常关心。以后我接触到更多的从文的朋友，我注意到他们对他都有一种深的感情。

在青岛我就知道他在恋爱。第二年我去南方旅行，回到上海得到从文和张兆和在北平结婚的消息，我发去贺电，祝他们"幸福无量"。从文来信要我到他的新家做客。在上海我没有事情，决定到北方去看看，我先去天津南开中学，同我哥哥李尧林一起生活了几天，便搭车去北平。

我坐人力车去府右街达子营，门牌号数记不起来了，总之，顺利地到了沈家。我只提了一个藤包，里面一件西装上衣、两三本书和一些小东西。从文带笑地紧紧握着我的手，说："你来了。"就把我接进客厅。又介绍我认识他的新婚夫人,他的妹妹也在这里。

客厅连接一间屋子,房内有一张书桌和一张床,显然是主人的书房。他把我安顿在这里。

院子小,客厅小,书房也小,然而非常安静,我住得很舒适。正房只有小小的三间,中间那间又是饭厅,我每天去三次就餐,同桌还有别的客人,却让我坐上位,因此感到一点拘束。但是除了这个,我在这里完全自由活动,写文章看书,没有干扰,除非来了客人。

我初来时从文的客人不算少,一部分是教授、学者,另一部分是作家和学生。他不在大学教书了。杨振声到北平主持一个编教科书的机构,从文就在这机构里工作,每天照常上下班,我只知道朱自清同他在一起。这个时期他还为天津《大公报》编辑《文艺》副刊,为了写稿和副刊的一些事情,经常有人来同他商谈。这些已经够他忙了,可是他还有一件重要的工作,天津《国闻周报》上的连载:《记丁玲》。

根据我当时的印象,不少人焦急地等待着每一周的《国闻周报》,这连载是受到欢迎、得到重视的,一方面人们敬爱丁玲,另一方面从文的文章有独特的风格,作者用真挚的感情讲出读者心里的话。丁玲几个月前被捕,我从上海动身时,"良友文学丛书"的编者赵家璧委托我向从文组稿,他愿意出高价得到这部"好书",希望我帮忙,不让别人把稿子拿走。我办到了。可是出版界的形势越来越恶化,赵家璧拿到全稿,已无法编入丛书排印,过一两年他花几百元买下一个图书审查委员的书稿,算是行贿,《记丁玲》才有机会作为"良友文学丛书"之一见到天日。可是删削太多,尤其是后半部,那么多的××!以后也没有能重版,更说不上恢复原貌了。

五十五年过去了，从文在达子营写连载的事，我还不曾忘记，写到结尾他有些紧张，他不愿辜负读者的期待，又关心朋友的安危，交稿期到，他常常写作通宵。他爱他的老友，他不仅为她呼吁，同时也在为她的自由奔走。也许这呼吁、这奔走没有多大用处，但是他尽了全力。

最近我意外地找到一九四四年十二月十四日写给从文的信，里面有这样的话："前两个月我和家宝常见面，我们谈起你，觉得在朋友中待人最好、最热心帮忙的人只有你，至少你是第一个。这是真话。"

我记不起我是在什么情形里写下这一段话。但这的确是真话。在一九三四年也是这样，一九八五年我最后一次看见他，他在家养病，假牙未装上，讲话不清楚。几年不见他，有一肚皮的话要说，首先就是一九四四年十二月信上那几句。但是望着病人的浮肿的脸，坐在堆满书的小房间里，我觉得有什么东西堵塞了咽喉，我仿佛回到了一九三四年、三三年。多少人在等待《国闻周报》上的连载，他那样勤奋工作，那样热情写作。《记丁玲》之后又是《边城》，他心爱的家乡的风景和他关心的小人物的命运。这部中篇经过几十年并未失去它的魅力，还鼓舞美国的学者长途跋涉，到美丽的湘西寻找作家当年的脚迹。

我说过我在从文家做客的时候，他编辑的《大公报·文艺》副刊和读者见面了。单是为这个副刊，他就要做三方面工作：写稿、组稿、看稿。我也想得到他的忙碌，但从未听见他诉苦。我为《文艺》写过一篇散文，发刊后我拿回原稿。这手稿我后来捐赠北京图书馆了。我的钢笔字很差，墨水浅淡，只能说是勉强可读，从文却用毛笔填写得清清楚楚。我真想谢谢他，可是我知道他从来就是这样工作,他为多少年轻人看稿、改稿,并设法介绍出去。他还花钱刊印一个青年诗人的第一本诗集并为它作序,不是听说,我亲眼见到那本诗集。

从文就是这样一个人。他不喜欢表现自己。可是我和他接触较多,就看出他身上有不少发光的东西。不仅有很高的才华,他还有一颗金子般的心。他工作多,事业发展,自己并不曾得到什么报酬,反而引起不少的吱吱喳喳。那些吱吱喳喳加上多少年的小道消息,发展为今天所谓的争议,这争议曾经一度把他赶出文坛,不让他给写进文学史。但他还是默默地做他的工作(分配给他的新的工作),在极端困难的条件下,一样地做出出色的成绩。我接到香港寄来的那本关于中国服装史的大书,一方面为老友新的成就感到兴奋,一方面又痛惜自己浪费掉的几十年的光阴。我想起来了,就是在他那个新家的客厅里,他对我不止讲过一次这样的话:"不要浪费时间。"后来他在上海对我、对靳以、对萧乾也讲过类似的话。我当时并不同意,不过我相信他是出于好心。

我在达子营沈家究竟住了两个月或三个月,现在讲不清楚了。这说明我的病(帕金森氏综合征)在发展,不少的事逐渐走向遗忘。所以有必要记下不曾忘记的那些事情。不久靳以为文学季刊社在三座门大街十四号租了房子,要我同他一起搬过去,我便离开从文家。在靳以那里一直住到第二年七月。

北京图书馆和北海公园都在附近,我们经常去这两处。从文非常忙,但在同一座城里,我们常有机会见面,从文还定期为《文艺》副刊宴请作者。我经常出席。他仍然劝我不要浪费时间。我发表的文章他似乎全读过,有时也坦率地提些意见,我知道他对我很关心,对他们夫妇只有好感,我常常开玩笑地说我是他们家的食客,今天回想起来我还感到温暖。一九三四年《文学季刊》创刊，兆和为创刊号写稿，她的第一篇小说《湖畔》受到读者欢迎。她唯一的短篇集①后来就收在我主编的"文学丛刊"里。

三

我提到坦率，提到真诚，因为我们不把话藏在心里，我们之间自然会出现分歧，我们对不少的问题都有不同的看法。可是我要承认我们有过辩论，却不曾有争论。我们辩是非，并不争胜负。

在从文和萧乾的书信集《废邮存底》中还保存着一封他给我的长信《给某作家》（一九三七）。我一九三五年在日本横滨编写的《点滴》里也有一篇散文《沉落》是写给他的。从这两封信就可以看出我们间的分歧在什么地方。

一九三四年我从北平回上海，小住一个时期，动身去日本前为《文学》杂志写了一个短篇《沉落》。小说发表时我已到了横滨，从文读了《沉落》非常生气，写信来质问我："写文章难道是为着泄气？！"我也动了感情，马上写了回答，我承认"我写文章没有一次不是为着泄气"。

他为什么这样生气？因为我批评了周作人一类的知识分子，周作人当时是《文艺》副刊的一位主要撰稿人，从文常常用尊敬的口气谈起他。其实我也崇拜过这个人，我至今还喜欢读他的一部分文章，从前他思想开明，对我国新文学的发展有过大的贡献。可是当时我批判的、我担心的并不是他的著作，而是他的生活、他的行为。从文认为我不理解周，我看倒是从文不理解他。可能我们两人对周都不理解，但事实是他终于做了为侵略者服务

---

① 指《湖畔》，署叔文著，文化生活出版社一九四一年六月出版。

的汉奸。

回国以后我还和从文通过几封长信继续我们这次的辩论，因为我又发表过文章，针对另外一些熟人，譬如对朱光潜的批评，后来我也承认自己有偏见，有错误。从文着急起来，他劝我不要"那么爱理会小处"、"莫把感情火气过分糟蹋到这上面"。他责备我："什么米米大的小事如×××之类的闲言小语也使你动火，把小东小西也当成敌人。"还说："我觉得你感情的浪费真极可惜。"

我记不起我怎样回答他，因为我那封留底的长信在"文革"中丢失了，造反派抄走了它，就没有退回来。但我记得我想向他说明我还有理性，不会变成狂吠的疯狗。我写信，时而非常激动，时而停笔发笑，我想：我有可能担心我会发精神病，我不曾告诉他，他的话对我是连声的警钟，我知道我需要克制，我也懂得他所说的"在一堆沉默的日子里讨生活"的重要。我称他为"敬爱的畏友"，我衷心地感谢他。当然我并不放弃我的主张，我也想通过辩论说服他。

我回国那年年底又去北平，靳以回天津照料母亲的病，我到三座门大街结束《文学季刊》的事情，给房子退租。我去了达子营从文家，见到从文伉俪，非常亲热。他说："这一年你过得不错嘛。"他不再主编《文艺》副刊，把它交给了萧乾，他自己只编辑《大公报》的《星期文艺》，每周出一个整版。他向我组稿，我一口答应，就在十四号的北屋里，每晚写到深夜，外面是严寒和静寂。北平显得十分陌生，大片乌云笼罩在城市的上空，许多熟人都去了南方，我的笔拉不回两年前朋友们欢聚的日子，屋子里只有一炉火，我心里也在燃烧，我写，我要在暗夜里叫号。我重复着小说中人物的话："我不怕……因为我有信仰。"

文章发表的那天下午我动身回上海，从文、兆和到前门车站送行。"你还再来吗？"从文微微一笑，紧紧握着我的手。

我张开口吐一个"我"字，声音就哑了，我多么不愿意在这个时候离开他们！我心里想："有你们在，我一定会来。"

我不曾失信，不过我再来时已是十四年之后，在一个炎热的夏天。

四

抗战期间萧珊在西南联大念书，一九四〇年我从上海去昆明看望她，一九四一年我又从重庆去昆明，在昆明过了两个暑假。从文在联大教书，为了躲避敌机轰炸，他把家迁往呈贡，兆和同孩子们都住在乡下。我们也乘火车去过呈贡看望他们。那个时候没有教师节，教书老师普遍受到轻视，连大学教授也难使一家人温饱，我曾经说过两句话："钱可以赚到更多的钱。书常常给人带来不幸。"这就是那个社会的特点。他的文章写得少了，因为出书困难；生活水平降低了，吃的、用的东西都在涨价，他不叫苦，脸上始终露出温和的微笑。我还记得在昆明一家小饭食店里几次同他相遇，一两碗米线作为晚餐，有西红柿，还有鸡蛋，我们就满足了。

在昆明我们见面的机会不多，但是我们不再辩论了，我们珍惜在一起的每时每刻，我们同游过西山龙门，也一路跑过警报，看见炸弹落下后的浓烟，也看到血淋淋的尸体。过去一段时期他常常责备我："你总说你有信仰，你也得让别人感觉到你的信仰在哪里。"现在连我也感觉得到他的信仰在什么地方。只要看到他脸上的笑容或者眼里的闪光，我觉得心里更踏实。离开昆明后三年中，我每年都要写信求他不要放下笔，希望他多写小说。我说：

"我相信我们这个民族的潜在力量。"又说:"我极赞成你那埋头做事的主张。"没有能再去昆明,我更想念他。

他并不曾搁笔,可是作品写得少。他过去的作品早已绝版,读到的人不多。开明书店愿意重印他的全部小说,他陆续将修订稿寄去。可是一部分底稿在中途遗失,他叹惜地告诉我,丢失的稿子偏偏是描写社会疾苦的那一部分,出版的几册却是关于男女事情的,"这样别人更不了解我了"。

最后一句不是原话,他也不仅说一句,但大意是如此。抗战前他在上海《大公报》发表过批评海派的文章引起强烈的反感。在昆明他的某些文章又得罪了不少的人。因此常有对他不友好的文章和议论出现。他可能感到有一点寂寞,偶尔也发发牢骚,但主要还是对那种越来越重视金钱、轻视知识的社会风气。在这一点我倒理解他,我在写作生涯中挨过的骂可能比他多,我不能说我就不感到寂寞。但是我并没有让人骂死。我也看见他倒了又站起来,一直勤奋地工作,最后他被迫离开了文艺界。

五

那是一九四九年的事。最初北平和平解放,然后上海解放。六月我和靳以、辛笛、健吾、唐弢、赵家璧他们去北平,出席首次全国文代会,见到从各地来的许多熟人和分别多年的老友,还有更多的献出自己的青春和心血的文艺战士。我很感动,也很兴奋。

但是从文没有露面,他不是大会的代表。我们几个人到他的家去,见到了他和兆和,他们早已不住在达子营了,不过我现在也说不出他们是不是住在东堂子胡同,因为一晃就是四十年,我的记忆模糊了,这几十年中间我没有看见他住过宽敞的房屋。最后他得到一个舒适的住处,却已经疾病缠身,只能让人搀扶着在屋里走走。我至今未见到他这个新居,一九八五年五月后我就未去过北京,不是我不想去,而是我越来越举步艰难了。

首届文代会期间我们几个人去从文家不止一次,表面上看不出他有情绪,他脸上仍然露出微笑。他向我们打听文艺界朋友的近况,他关心每一个熟人。然而文艺界似乎忘记了他,不给他出席文代会,以后还把他分配到历史博物馆,让他做讲解员,据说郑振铎到那里参观一个什么展览,见过他,但这是以后的事了。这年九月我第二次来北平出席全国政协会议,接着中华人民共和国成立,北京又成为首都,这次我大约住了三个星期,我几次看望从文,交谈的机会较多,我才了解一些真实情况。北京解放前后当地报纸上刊载了一些批判他的署名文章,有的还是在香港报上发表过的,十分尖锐。他在围城里,已经感到很孤寂,对形势和政策也不理解,只希望有一两个文艺界熟人见见他,同他谈谈。他当时战战兢兢,如履薄冰,仿佛就要掉进水里,多么需要人来拉他一把,可是他的期望落了空。他只好到华北革大去了,反正知识分子应当进行思想改造。

不用说,他受到了不公平的待遇,不仅在今天,在当时我就有这样的看法,可是我并没有站出来替他讲过话,我不敢,我总觉得自己头上有一把达摩克利斯的宝剑。从文一定感到委屈,可是他不声不响、认真地干他的工作。政协会议以后,第二年我去北京开会,休会的日子我去看望过从文,他似乎很平静,仍旧关心地问到一些熟人的近况。我每次赴京,总要去看看他。他已经安定下来了。对瓷器、对民间工艺、对古代服装他都有兴趣,谈起来头头是道。我暗中想,我外表忙忙碌碌,有说有笑,心里却十分紧张,为什么不能坐下来,埋头译书,默默地工作几年,也许可以做出一点成绩。然而我办不到，即使由我自己做主，我也不愿放下笔，还想换一支新的来歌颂新社会。我下决心深入生活，却始终深不下去，我参加各种活动，也始终浮在面上，经过北京我没有忘记去看他，总是在晚上去，两三间小屋，书架上放满了线装书，他正在工作，带着笑容欢迎我，问我一家人的近况，问一些熟人的近况。兆和也在，她在《人民文学》编辑部工作，偶尔谈几句杂志的事。有时还有他一个小女儿（侄女），他们很喜欢她，两个儿子不同他们住在一起。

我大约每年去一次，坐一个多小时，谈话他谈得多一些，我也讲我的事，但总是他问我答。我觉得他心里更加踏实了。我讲话好像只是在替自己辩护。我明白我四处奔跑，却什么都抓不住，心里空虚得很。我总疑心他在问我：你这样跑来跑去，有什么用处？不过我不会老实地对他讲出来。他的情况也逐渐好转，他参加了人民政协，在报刊上发表诗文。

"文革"前我最后一次去他家，是在一九六五年七月，我就要动身去越南采访。是在晚上，天气热，房里没有灯光，砖地上铺一床席子，兆和睡在地上，从文说："三姐生病，我们外面坐。"我和他各人一把椅子在院子里坐了一会，不知怎样我们两个讲话都没有劲头，不多久我就告辞走了。当时我绝没想到不出一年就会发生"文化大革命"，但是我有一种感觉我头上那把利剑，正在缓缓地往下坠。"四人帮"后来批判的"四条汉子"已经揭露出三个，我在这年元旦听过周扬一次谈话，我明白人人自危，他已经在保护自己了。

旅馆离这里不远，我慢慢地走回去，我想起过去我们的辩论，想起他劝我不要浪费时间，而我却什么也搞不出来。十几年过去了，我不过给添了一些罪名。我的脚步很沉重，仿佛前面张开一个大网，我不知道会不会投进网里，但无论如何一个可怕的、摧毁一切的、大的运动就要来了。我怎能够躲开它？

回到旅馆我感到精疲力尽，第二天早晨我就去机场，飞向南方。

六

在越南我进行了三个多月的采访，回到上海，等待我的是姚文元的《评新编历史剧〈海瑞罢官〉》。每周开会讨论一次，人人表态，看得出来，有人慢慢地在收网，"文化大革命"就要开场了。我有种种的罪名，不但我紧张，朋友们也替我紧张，后来我找到机会在会上做了检查，自以为卸掉了包袱。六月初到北京开会（亚非作家紧急会议），在机场接我的同志小心嘱咐我"不要出去找任何熟人"。我一方面认为自己已经过关，感到轻松，另一方面因为运动打击面广，又感到恐怖。我在这种奇怪的心境之下忙了一个多月，我的确"没出去找任何熟人"，无论是从文、健吾或者冰心。

但是会议结束，我回到机关参加学习，才知道自己仍在网里，真是在劫难逃了。进了"牛棚"，仿佛落入深渊，别人都把我看作罪人，我自己也认为有罪，表现得十分恭顺。绝没有想到这个所谓"触及灵魂"的"革命"会持续十年。在灵魂受到熬煎的漫漫长夜里，我偶尔也想到几个老朋友，希望从友情那里得到一点安慰。可是关于他们，一点消息也没有。我想到了从文，他的温和的笑容明明在我眼前。我对他讲过的那句话，"我不怕……我有信仰"像铁锤在我的头上敲打，我哪里有信仰？我只有害怕。我还有脸去见他？这种想法在当时也是很古怪的，一会儿就过去了。过些日子它又在我脑子里闪亮一下，然后又熄灭了。我一直没有从文的消息，也不见人来外调他的事情。

六年过去了。我在奉贤县文化系统"五七干校"里学习和劳动，在那里劳动的有好几个单位的干部，许多人我都不认识。有一次我给揪回上海接受批判，批判后第二天一早到巨鹿路作协分会旧址学习，我刚刚在指定的屋子里坐好，一位年轻姑娘走进来，问我是不是某人，她是从文家的亲戚，从文很想知道我是否住在原处。她是音乐学院附中的学生，我在干校见过。从文一家平安，这是很好的消息，可是我只答了一句：我仍住在原处。她就走了。回到干校，过了一些日子，我又遇见她，她说从文把我的地址遗失了，要我写一个交给她转去。我不敢背着工宣队"进行串连"，我怕得很。考虑了好几天，我才把写好的地址交给她。经过几年的改造，我变成了另外一个人，我遵守的信条是：多一事不如少一事。我并不希望从文来信。但是出乎我的意料，他很快就寄了信来，我回家休假，萧珊已经病倒，得到北京寄来的长信，她拿着五张信纸反复地看，含着眼泪说："还有人记得我们啊！"这对她是多大的安慰！

他的信是这样开始的："多年来家中搬动太大，把你们家的地址遗失了，问别人忌讳又多，所以直到今天得到×家熟人一信相告，才知道你们住处。大致家中变化还不太多。"

五页信纸上写了不少朋友的近状，最后说："熟人统在念中。便中也希望告知你们生活种种，我们都十分想知道。"

他还是像三十年代那样关心我。可是我没有寄去片纸只字的回答。萧珊患了不治之症，不到两个月便离开人世。我还是审查对象，没有通信自由，甚至不敢去信通知萧珊病逝。

我为什么如此缺乏勇气？回想起来今天还感到惭愧。尽管我不敢表示自己并未忘记故友，从文却一直惦记着我。他委托一位亲戚来看望，了解我的情况。一九七四年他来上海，一个下午到我家探望，我女儿进医院待产，儿子在安徽农村插队落户，家中冷冷清清，我们把藤椅搬到走廊上，没有拘束，谈得很畅快。我也忘了自己的"结论"已经下来：一个不戴帽子的反革命。

七

　　等到这个"结论"推翻，我失去的自由逐渐恢复，我又忙起来了。多次去北京开会，却只到过他的家两次。头一次他不在家，我见着兆和，急匆匆不曾坐下吃一杯茶。屋子里连写字桌也没有，只放得下一张小茶桌，夫妻二人轮流使用。第二次他已经搬家，可是房间还是很小，四壁图书，两三幅大幅近照，我们坐在当中，两把椅子靠得很近，使我想起一九六五年那个晚上，可是压在我们背上的包袱已经给甩掉了，代替它的是老和病。他行动不便，我比他好不了多少。我们不容易交谈，只好请兆和作翻译，谈了些彼此的近况。

　　我大约坐了不到一个小时吧，告别时我高高兴兴，没有想到这是我们最后的一面，我以后就不曾再去北京。当时我感到内疚，暗暗地责备自己为什么不早来看望他。后来在上海听说他搬了家，换了宽敞的住处，不用下楼，可以让人搀扶着在屋子里散步，也曾替他高兴一阵子。

　　最近因为怀念老友，想记下一点什么，找出了从文的几封旧信，一九八〇年二月信中有一段话，我一直不能忘记："因住处只一张桌子，目前为我赶校那两份选集，上午她三点即起床，六点出门上街取牛奶，把桌子让我工作，下午我睡，桌子再让她使用到下午六点，她做饭，再让我使用书桌。这样下去，那能支持多久！"

这事实应当大书特书，让国人知道中国一位大作家、一位高级知识分子就是在这种条件下工作。尽管他说"那能支持多久"，可是他在信中谈起他的工作，劲头还是很大。他是能够支持下去的。近几个月我常常想：这个问题要是早解决，那有多好！可惜来得太迟了。不过有人说迟来总比不来好。

那么他的讣告是不是也来迟了呢？人们究竟在等待什么？我始终想不明白，难道是首长没有表态，记者不知道报道应当用什么规格？有人说："可能是文学史上的地位没有排定，找不到适当的头衔和职称吧。"又有人说："现在需要搞活经济，谁关心一个作家的生死存亡？你的笔就能把生产搞上去？！"

我无法回答。

又过了一个多月，我动笔更困难，思想更迟钝，讲话声音更低，我感觉到自己身体的一部分逐渐在老死。我和老友见面的时候不远了……

倘使真的和从文见面，我将对他讲些什么呢？

我还记得兆和说过："火化前他像熟睡一般，非常平静，看样子他明白自己一生在大风大浪中已尽了自己应尽的责任，清清白白，无愧于心。"他的确是这样。

我多么羡慕他！可是我却不能走得像他那样平静、那样从容，因为我并未尽了自己的责任，还欠下一身债，我不可能不惊动任何人静悄悄离开人世。那么就让我的心长久燃烧，一直到还清我的欠债。

有什么办法呢？中国知识分子的悲剧我是躲避不了的。

一九八八年九月三十日

阅读拓展

谈我的散文

巴 金

有人要我告诉他小说与散文的特点。也有人希望我能够说明散文究竟是什么东西。我不能满足他们的要求,因为我实在讲不出来。我并非故意在这里说假话,也不是过分谦虚。三十年来我一共出版了二十本散文集。我的第一本散文集《海行杂记》还是在我写第一部小说之前写成的。最近我仍然在写类似散文的东西。怎么我会讲不出"散文"的特点呢?其实说出来,理由也很简单:我写文章,因为有话要说。我向杂志投稿,也从没有一位编辑先考问我一遍,看我是否懂得文学。我说这一段话,并非跑野马,开玩笑。我只想说明一件事情:一个人必须先有话要说,才想到写文章;一个人要对人说话,他一定想把话说得动听,说得好,让人家相信他。每个人说话都有自己的方法和声调,写出来的文章也不会完全一样。人是活的,所以文章的形式或者体裁并不能够限制活人。我写文章的时候,并没有事先想到我这篇文章应当有什么样的特点,我想的只是我要在文章里说些什么话,而且怎样把那些话说得明白。

我刚才说过我出版了二十本散文集。其实这二十本都是薄薄的小书,而且里面什么文章都有。有特写,有随笔,有游记,有书信,有感想,有回忆,有通讯报道……总之,只要不是诗歌,又没有完整的故事,也不曾写出什么人物,更不是专门发议论讲道理,却又不太枯燥,而且还有一点点感情,像这样的文章我都叫作"散文"。也许有人认为这样叫法似乎把散文的范围搞得太大了。其实我倒觉得把它缩小了。照欧洲人的说法,除了韵文就是散文,连长篇小说也包括在内。我前不久买到一部德国作家霍普特曼的四卷本《散文集》,里面收的全是长短篇小说。而且拿我个人的经验来说,有时候也不大容易给一篇文章戴上合式的帽子,派定它为"小说"或者"散文"。例如我的《短篇小说选集》里面有一篇《废园外》,不过一千两三百字。写作者走过一个废园,想起几天前敌机轰炸昆明、炸死园内一个深闺少女的事情。我写完它的时候,我把它当作"散文"。后来我却把它收在《短篇小说选集》里,我还在《序》上说:"拿情调来说,它接近短篇小说了。"(其实怎样"接近",我自己也说不出来。不过我也读过好些篇欧美或者日本作家写的这一类没有故事的短篇小说。日本森鸥外的《沉默之塔》〔鲁迅译〕就比《废园外》更不像小说。)但是我后来编辑《文集》,又把《废园外》放进《散文集》里面。又如我一九五二年从朝鲜回来写了一篇叫作《坚强战士》的文章。我写的是"真人真事",可是我把它当作小说发表了。后来《志愿军英雄传》编辑部的一位同志把这篇文章拿去找获得"坚强战士"称号的张渭良同志仔细研究了一番。张渭良同志提了一些意见。我根据他的意见把我那篇文章改得更符合事实。文章后来收在《志愿军英雄传》内,徐迟同志去年编《特写选》又把它选进去了。小说变成了特写;固然称《坚强战士》为"特写"也很适当,但是我如果仍然叫它做"短篇小说",也不能说是错误。苏联作家波列伏依的好多"特写"就可以称为短篇小说。还有,我的短篇小说《我的眼泪》,要是把它编进《散文集》,也许更恰当,因为它更像散文。

我这些话无非说明文章的体裁和形式都是次要的东西。主要的还是内容。有人认为必须先弄清楚了"散文"的特点才可以动笔写"散文"。

我就不同意这种说法。我从前在私塾里念书的时候，我的确学过作文。老师出题目要我写文章。我或者想了一天写不出来，或者写出来不大通顺，老师就叫我到他面前，告诉我文章应当怎样写，第一段写什么，第二段写什么……最后又怎样结束。我当时并不明白，过了几年倒恍然大悟了。老师是在教我在题目上做文章。说来说去无非在题目的上下前后打转。这就叫作"作文"。那些时候不是我要写文章，是老师要我写，不写或者写不出就要挨骂甚至要给老师打手心。当时我的确写过不少这样的文章，里面一半是"什么论"、"什么说"，如《颖考叔纯孝论》、《师说》之类，另一半就是今天所谓的"散文"，如《郊游》、《儿时回忆》、《读书乐》等等。就拿《读书乐》来说罢。我那时背诵古书很感痛苦。老实说，即使背得烂熟，我也讲不清楚那些辞句的意义。我怎么写得出"读书的乐趣"呢？但是作文不交卷，我就走不出书房，要是惹得老师不高兴，说不定还要挨几下板子。我只好照老师的意思写，先说人需要读书，又说读书的乐趣，再讲春、夏、秋、冬四时读书之乐。最后来一个短短的结束。我总算把《读书乐》交卷了。老师在文章旁边打了好几个圈，最后又批了八个字："水静沙明，一清到底。"我还记得文章中有"围炉可以御寒，《汉书》可以下酒"的话，这是写冬天读书的乐趣。老师又给我加上两句"不必红袖添香……"等等。其实一个十二三岁的少年，看见酒就害怕，哪里有读《汉书》下酒的雅兴？更不懂什么叫"红袖添香"了。文章里的句子不是从别处抄来，就是引用典故拼凑成的，跟"书"的内容并无多大关系。这真是为作文而作文，越写越糊涂了。不久我无意间得到一卷《说岳传》的残文，看到"何元庆大骂张用"一句，就接着看下去，居然全懂，因为书是用口语写的。我看完这本破书，就到处求人借《说岳传》全本来看，看到不想吃饭睡觉，这才懂得所谓"读书乐"。但这种情况跟我在《读书乐》中所写的却又是两样了。

我不仅学过怎样写"散文"，而且我从小就读过不少的"散文"。我刚才还说过老师告诉我文章应当怎样写，如何从第一段讲到结束。其实这样的事情是很少有的。这是在老师特别高兴、有极大的耐心开导学生的时候。老师平日讲得少，而且讲得简单。他唯一的办法是叫学生多读书，多背书。我背得较熟的几部书中间有一部《古文观止》。这是两百多篇散文的选集：从周代到明代，有"传"，有"记"，有"序"，有"书"，有"表"，有"铭"，有"赋"，有"论"，还有"祭文"。里面有一部分我背得出却讲不清楚；有一部分我不但懂而且喜欢，像《桃花源记》、《祭十二郎文》、《赤壁赋》、《报刘一丈书》等等。读多了，读熟了，常常可以顺口背出来，也就能慢慢地体会到它们的好处，也就能慢慢地摸到文章的调子。但在当时也只能说是似懂非懂。可是我有两百多篇文章储蓄在脑子里面了。虽然我对其中任何一篇都没有好好地研究过，但是这么多的具体的东西至少可以使我明白所谓"文章"究竟是怎么一回事，可以使我明白文章并非神秘不可思议，它也是有条有理，顺着我们的思路连下来的。这就是说，它不是颠三倒四的胡说，不像我们常常念着玩的颠倒诗："一出门来脚咬狗，捡个狗来打石头……"这样一来，我就觉得写文章比从前容易些了，只要我的确有话说。倘使我连先生出的题目都不懂，或者我实在无话可说，那又当别论。还有一点，我不说大家也想得到：我写的那些作文全是坏文章，因为老师爱出大题目，而我又只懂得那么一点点东西，连知识也说不上，哪里还有资格谈古论今！后来弄得老师也没有办法，只好批"清顺"二字敷衍了事。

但是我仍然得感谢我那两位强迫我硬背《古文观止》的私塾老师。这两百多篇"古文"可以说是我真正的启蒙先生。我后来写了二十本散文，跟这个"启蒙先生"很有关系。自然我后来还读过别的文章，可是并没有机会把它们一一背熟，记在心里了。不过读得多，即使记不住，也有好处。我们有很好的"散文"的传统，好的散文岂止两百篇！十倍百倍也不止！

"五四"以后，从鲁迅先生起又接连出现了不少写新的散文的能手，像朱自清先生、叶圣陶先生、夏丏尊先生，我都受过他们的影响。任何一篇好文章都是容易上口的。哪怕你没有时间读熟，凡是能打动人心的地方，就容易让人记住。我并没有想到要记住它们，它们自己会时时到我的脑子里来游历。有时它们还会帮助我联想到别的事情。我常常说，多读别人的文章，自己的脑子就痒了，自己的手也痒了。读作品常常给我启发。譬如我前面提过的那篇日本作家森鸥外的小说《沉默之塔》，我正是读了它才忽然想起写《长生塔》（童话）的。然而《长生塔》跟《沉默之塔》中间的关系就只有一个"塔"字。我一九三四年十二月在日本横滨写这篇童话骂蒋介石，而森鸥外却把他那篇反对文化压迫的"议论"小说当作一九一一年版尼采著作《查拉图斯特拉》日文译本的代序。我有好些篇散文和小说都是读了别人的文章受到"启发"以后才拿起笔写的。我在前面说的"影响"就是指这个。前辈们的长处我学得很少。例如我读过的韩（愈）、柳（宗元）、欧（欧阳修）、苏（东坡）的古文，或者鲁迅、朱自清、夏丏尊、叶圣陶诸先生的散文，都有一个极显著的特点：文字精练，不拖沓，不啰唆，没有多余的字。而我的文章却像一个多嘴的年轻人，一开口就不肯停，一定要把什么都讲出来才痛快。我从前写文章是这样，现在还是如此。其实我自己是喜欢短文章的。我常常想把文章写得短些，更短些。我觉得越短越好，越有力。然而拿起笔我就无法控制自己。可见我还不能够驾驭文字；可见我还不知道节制。这是我的毛病。

　　自然我也写过一些短的东西，像收在一九四一年出版的《龙·虎·狗》里面的一部分散文。其中如《日》、《月》、《星》三篇不过两百多字、三百多字和四百多字。但它们也只是一时的感想而已。这几百字中仍然有多余的字，更谈不到精练。而且像这样短的散文我也写得并不多。

　　我自己刚才说过，教我写"散文"的"启蒙老师"是中国的作品。

但是我并没有学到中国散文的特点，可能有人在我的文章里嗅不出多少中国的味道。然而我说句老实话，外国的"散文"不论是essay（散文）或者sketch（随笔），我都读得很少。在成都学英文，念过半本美国作家华盛顿·欧文的《随笔集》，后来隔了好多年才读到英国作家吉星的《四季随笔》和日本作家厨川白村的essay等等，也不过数得出的几本。这些都是长篇大论的东西，而且都是从从容容地在明窗净几的条件下写出来的，对于只要面前有一尺见方的木板就可以执笔的我不会有多大的影响。倘使有人因为我的散文不中不西，一定要找外国的影响，那么我想提醒他：我读过很多欧美的小说和革命家的自传，我从它们那里学到一些遣辞造句的方法。我十几岁的时候没有机会学中文的修辞学，却念过大半本英文修辞学，也学到一点点东西，例如散文里不应有押韵的句子，我一直在注意。有一个时期我的文字欧化得厉害，我翻译过几本外国书，没有把外国文变成很好的中国话，倒学会了用中国字写外国文。幸好我有个不断地修改自己文章的习惯，我的文章才会有进步。最近我编辑自己的《文集》，我还在过去的作品中找到不少欧化的句子。我自然要把它们修改或者删去。但是有几个欧化的小说题目（例如《爱的摧残》、《爱的十字架》等）却没法改动，就只好让它们留下来了。我过去做翻译工作多少吃了一点"死扣字眼"的亏，有时明知不对，想译得活一点，又害怕有人查对字典来纠正错误，为了偷懒、省事起见，只好完全照外国人遣辞造句的方法使用中国文。在翻译上用惯了，自然会影响写作。这就是我的另一个毛病的由来了。

我的两篇关于中国人民志愿军的小说和几篇在朝鲜写的通讯报道，译为英文印成小书以后，有位英国读者来信说，这种热情的文章英国人不喜欢。还有人反映英国读者不习惯第一人称的文章，说是讲"我"讲得太多。这种说法也打中了我的要害。第一，我的文字毫无含蓄，很少有一句话里包含许多意思，让读者茶余饭后仔细思索、慢慢回味。第二，我喜欢用作者讲话的口气写文章，不论是散文或者短篇小说，里面常常有一个"我"字。虽然我还没有学到托尔斯泰代替马写文章，也没有学到契诃夫和夏目漱石代替狗和猫写文章，我的作品中的"我"总是一个"人"（只有一回"我"是一个"鬼"）。但是这个"我"并不就是作者自己，小说里面的"我"，有时甚至是作者憎恶的人，例如《奴隶的心》里面的"我"。而且我还可以说，这些文章里并没有"自我吹嘘"或者"自我扩张"的臭味。我只是通过"我"写别人，写别人的事情。其实用第一人称写的小说世界上岂止千千万万！每个作家有他自己的嗜好。我喜欢第一人称的文章，因为写起来，读起来都觉得亲切。自然也有人不喜欢这种文章，也有些作家一辈子不让"我"在他的作品中出现。但是我仍然要说，我也并非"生而知之"的，连用"我"的口气写文章也有"老师"。我在这方面的"启蒙老师"是两本小说，而这两本小说偏偏是两位英国小说家写的。这两部书便是狄更斯的《大卫·科柏菲尔》和司蒂芬孙的《宝岛》。我十几岁学英文的时候念熟了它们，而且《宝岛》这本书还是一个英国教员教我念完的。那个时候我特别喜欢这两本小说。《大卫·科柏菲尔》从"我"的出生写起，写了这个主人公几十年的生活，但是更多地写了那几十年中间英国的社会和各种各样的人。《宝岛》是一部所谓的冒险小说，它从"我"在父亲开的客栈里碰见"船长"讲起，一直讲到主人公经历了种种奇奇怪怪的事情，取得宝藏回来为止，书中有文有武，有"一只脚"，有"独眼"，非常热闹。它们不像有些作品开头就是大段的写景，然后才慢慢地介绍出一两个人物，教读者念了十几页还不容易进到书中去。它们却像熟人一样，一开头就把读者带进书中，以后越入越深，教人放不下书。所以它们对于十几岁的年轻人会有那样大的影响。我并不是在这里推荐那两部作品，我只是分析我的文章的各种成分，说明我的文章的各种来源。

我在前面刚刚说过我的文章里面的"我"不一定就是作者自己。然而绝大部分散文里面的"我"却是作者自己,不过这个"我"并不专讲自己的事情。另外一些散文里面的"我"就不是作者自己,写的事情也全是虚构的了。但是我自己有一种看法:我的任何一篇散文里面都有我自己。这个"我"是不出场的,然而他无处不在。这不是说我如何了不起。绝不!这只是说明作者在文章里面诚恳地、负责地对读者讲话,讲作者自己要说的话。我并不是拿起笔就可以写出文章;也不是只要编辑同志来信索稿,我的文思马上潮涌而来。我必须有话要说,有感情要吐露,才能够顺利地下笔。我有时给逼得没办法,坐在书桌前苦思半天,写了又涂、涂了又写,终于留不下一句。《死魂灵》的作者果戈理曾经劝人"每天坐在书桌前写两个钟头"。他说,要是写不出来,你就拿起笔不断地写:"我今天什么也写不出来。"但是他在写《死魂灵》的时候,有一次在旅行中,走进一个酒馆,他忽然想写文章,叫人搬来一张小桌子,就坐在角落里,一口气写完了整整一章小说,连座位也没有离过。其实我也有过"一挥而就"的时候。我在二十几岁写文章写得快,写得多,也不留底稿;我拿起笔,文思就来,好像是文章在逼我,不是我在写文章一样。我并无才能,但是我有感情,有爱憎。我的文章里毛病多,但是我写得认真,也写得痛快……

我拉拉杂杂地讲了这许多,也到了结束的时候了。我不想有系统地仔细分析我的全部散文。我没有理由让它们耗费读者的宝贵时间。在这里我不过讲了我的一些缺点和我所走过的弯路。倘使它们能给今天的年轻读者一点点鼓舞和启发,我就十分满足了。我愿意看到数不尽的年轻作者用他们有力的笔写出反映今天伟大的现实的散文,我愿意读到数不尽的健康的、充满朝气的、不断地鼓舞读者前进的文章!

1958年4月

对光和热的赞美、对生命力的赞美、对探索者和殉道者的赞美、对漫漫长夜和严冷寒夜的憎恶，这就是巴金散文中反复出现的四组意象系列，这构成巴金散文忧郁而热情的青春气息，这也是巴金小说和散文特别受青年人欢迎的奥妙所在。

——姚春树：《论巴金建国前的散文创作》

经历过"五四"新文化洗礼的巴金，终究具有现代文化人格，用他自己的话说，是"找回了失去多年的'独立思考'"，而这种文化人格，使他以年近八十的高龄之身，率先担负起这份沉重的历史责任。

我真的是越来越喜欢巴老的《随想录》。年轻时不大喜欢，是觉得这些书里尽是些大白话，既不深奥，也不华丽，年纪长些才晓得，朴实的真话，远远胜于华丽的谎言，而对于巴金来说，所有的真话，都浸透着他毕生的心酸与警醒。

——祝勇：《刘心武：从英雄话语到话语英雄》